Impressum

© Werner Thiel, 2008
Herstellung und Verlag: Book on Demand GmbH, Norderstedt
Danksagung: „Ich bedanke mich bei Norbert Lauterbach
für das Layout von Buchumschlag und Text."
Titelbild: Illustration von Norbert Lauterbach nach der Statue
„Le chien de Montargis" (Gustave Debrie/1870) im Park des
L'Hotel Durzy (Musée Girodet) in Montargis
Umschlaggestaltung und Textlayout:
Norbert Lauterbach, München, www.nokidesign.de

Bibliographische Information
Die Deutsche Bibliothek verzeichnet diese Publikation in der
Deutschen Nationalbibliographie; detaillierte bibliographische
Daten sind im Internet über http://ddb.de abrufbar.

ISBN 978-3-837-07125-2

Inhalt

GREVENER
WECHSELZEIT

Die Handlung dieses Romans spielt in
den Monaten Mai bis Oktober 1806

WERNER THIEL

ROMAN

Kapitel 1: **Wachsamkeit**

„Bäääääää, Yuh, Yuh Yuh, Bäääääääähhh!" Anton-Konrad Barkenstein sitzt im Bett.

„Das Segel ...", ruft er im Halbschlaf.

Gerade wollte sich ein übergroßer Mann, wohl Offizier, in der Uniform der Preußischen Husaren auf ihn werfen. Er aber sprang hinter den Masten, während ein Matrose mit einer Axt das Segel kappt und dieses dem Offizier auf den Kopf fällt ... als das durchdringende Signal an sein Ohr dringt und ihn weckt. Im Halbschlaf sitzt er jetzt im Bett und weiß nicht so recht wo er denn ist.

„Immer dieser blöde Traum, den von Blütow werde ich wohl nie vergessen", grummelt es aus ihm heraus. [1]

Dann entsinnt er sich des Anlasses seines Aufwachens.

„Ach ja, ... Antonia-Hermine .... leider ohne gesunden Schlaf."

Er ruckelt langsam aus dem Bett, greift zum Morgenmantel und streift Pantoffeln über.

„Bäääääää, Yuh, Yuh Yuh, Bäääääääähhh!"

„Ja, ja, der Papa kommt schon", sagt er leise, während er in das Nebenzimmer geht.

Schon so oft hat er seinen leichten Schlaf verflucht. Warum musste auch Martina einen so gesunden tiefen Schlaf haben. Da kann die Welt unter gehen, aber sie schläft weiter. Und er? Bei jedem Geräusch wacht er auf, am Morgen ist er dann wie gerädert. Bei ihrem ersten Kind war alles gut gelaufen. Die lieben Tanten, Großtanten und anderen weiblichen Verwandten waren voll des Lobes. Der Heinrich-Erich sei ein liebes Kind, wenn es so schön ein- und durchschlafen würde. Nach ihrer Heirat im August 1803 waren sie zusammen für ein paar Wochen unterwegs gewesen. Zuerst als Gäste beim Geschäftspartner Hein Marten in Emden.

„Das bauchpinselt den alten Knauserer wenn Ihr ihn besucht. Den Anton kennt er ja", meinte Antons Vater.

Zusammen waren sie mit einer der Pünten die Ems hinab gefahren. Für die Fahrt hatte man extra die Kajüte auf dem Schiff erweitert und besser ausgestattet. Zwei Wochen verbrachten sie in Emden, dann ging es mit einem von Martens Küstenschiffen nach Amsterdam. Auch dort fanden die beiden Frischvermählten Unterkunft bei einem Geschäftspartner. Im

[1] *(siehe "Grevener Grenzgänge", Roman 2004)*

Hause der Van Bowdens waren alle sehr gespannt auf die junge Frau von Anton. Besonders die drei Töchter der Familie. Zwar waren alle schon mit Verlobten ausgestattet, hatten aber doch einen Blick auf den Sohn des Kaufmanns aus Greven geworfen, als er im Winter 1802 auf 1803 in Amsterdam weilte. Die Töchter der Familie nahmen Martina in ihre Mitte und ließen sie die nächsten drei Wochen so gut wie nicht mehr los. Wohin die Damenriege seine Frau überall in und um Amsterdam mitnahm konnte beim besten Willen Anton nicht mehr sagen. Meistens verschwanden sie nach dem Frühstück und kamen erst am späteren Nachmittag zurück. Er hatte dafür viel Zeit sich mit Van Bowden, seinem Sohn und den niederländischen Geschäftspartnern zu unterhalten. Dabei lernte er das Geschäft noch intensiver kennen als bei seinem ersten Aufenthalt.

Ein Höhepunkt ihres Aufenthalts war ein Ausflug nach Antwerpen mit einem der Küstenschiffe der Van Bowdens. Das noch viel größere Abenteuer während der Wochen in Amsterdam war aber die Fahrt nach London. Eines Abends fragte sie Van Bowden ob sie Interesse hätten, ein Schiff seines Geschäftspartners würde für eine kurze Fahrt nach London aufbrechen. Trotz der scharfen Kontrollen durch die Franzosen, welche Amsterdam seit 1795 besetzt hielten, konnten sie die Fahrt antreten. Für einen Tag und mit Übernachtung auf dem Schiff, schauten sie sich die englische Hauptstadt an. Bei dieser Gelegenheit probierte und verfeinerte Anton seine Englischkenntnisse, welche er auf Anordnung seines Vaters erlernt hatte. Van Bowden stellte ihnen auch seinen Partner in London, William Edward Churchill vor. Der entfernte Spross einer englischen Adelsfamilie, irgendeinen X. Earl-Titel durfte er sein eigen nennen, hatte weit reichende Handelsbeziehungen in die englischen Kolonien. Einige Tage nach dieser Fahrt ging es dann über Emden zurück nach Greven. Mit Geschenken für die Eltern und Freunde beladen, kamen die Hochzeiter kurz vor Beginn der kalten Jahreszeit im Oktober 1803 zurück. Wenige Wochen später machten sich bei Martina merkwürdige Regungen bemerkbar. Ein Besuch beim Arzt brachte die gewünschte Klarheit, welche für Mutter Barkenstein nicht nötig war, da sie schon vorher ihren Mann mit „Opa" tituliert hatte, was dieser ignorierte. Im August 1804 kam dann ein Junge zur Welt, der den Namen Heinrich-Erich erhielt. Die Erwartungen der neuen Großeltern auf reichen Kindersegen erfüllten sich nicht. Erst im Mai 1806 stellte sich ein neuer Erdenbürger bei den Barkensteins ein. Das Mädchen benannten die Eltern auf den Namen Antonia-Hermine. Bei Mutter Barkenstein bestand, wegen der Berücksichtigung ihres Namens, bei der Taufe der kleinen Dame die Gefahr einer vollständigen körperlichen Austrocknung, da sie gar nicht so viele Taschentücher mitnehmen konnte, wie sie bei der Zeremonie zum Stoppen ihres Tränenflusses benötigte. Aber, im Unterschied zum Sohn, ärgerte die Tochter ihre Eltern, sowie die Bewohner des Hauses Barkenstein, durch einen unruhigen und von Wachzeiten unterbrochenen Schlaf. Dies führte dazu, dass sowohl Martina wie auch ihre Bedienstete Marele nach einigen Nächten nicht mehr die Energie besaßen zum allnächtlichen Aufstehen. So teilte man sich die Woche auf und wachte zusammen mit Anton abwechselnd in den Nächten.

„Antonia-Hermine, ja, ja, ja, schön wieder schlafen. Nicht mehr schreien", Anton nimmt das Stoffbündel mit dem Kind auf den Arm und schaukelt es. „Ach wie schön, Vater mit Tochter beim gemeinsamen Schlaf... ." Anton schreckt auf. Er schaut sich um, sieht die Sonne durch die Fenster scheinen und irgendjemand nimmt ihm das Bündel aus dem Arm. Marele tut, was ihr aufgetragen wurde. Lange Jahre war sie auf dem Hof des Schulze Große-Gronenburg als Magd nur für Martina da. Nach der Hochzeit ging sie mit der Braut ins Haus Barkenstein. Hier kümmert sie sich um die beiden Kinder von Martina und Anton. Anton bleibt noch etwas sitzen um wach zu werden. Dann steht er auf um sich zu waschen, anzuziehen und zum Frühstück zu gehen. Eigentlich hätte er gerne noch eine Mütze Schlaf genommen. Dies würde aber sein Vater überhaupt nicht verstehen. Deshalb hat er sich eine Mussestunde um die Mittagszeit zugelegt.

Kapitel 2: **Blücher in Greven**

„Junge, Du siehst ziemlich übernächtigt aus", meint der alte Barkenstein.

Wie üblich im Hause Barkenstein sitzen Wilhelm August und Anton an den Kopfenden des Esstisches im Salon. Hermine und Martina haben ihre Plätze an den Längsseiten. Zusammen mit den anderen Mitgliedern der Familie sitzt der alte Barkenstein am Frühstückstisch.

„Ja, Vater, Deine Enkelin hat eine besondere Art zu schlafen und die geht zu Lasten ihrer Eltern", meint Anton.

„Hoffentlich kann ich trotz der Beanspruchung durch meine Enkelin noch auf die Mitarbeit meines Sohnes bei der geschäftlichen Arbeit zählen."

„Nach einem guten Essen geht es mir bestimmt schon viel besser", erwidert Anton.

„Wir müssen uns etwas anderes bezüglich der Kinder überlegen, es kann doch nicht angehen, dass immer ein Teil der Familie tagsüber im Halbschlaf liegt, weil er die Nacht durchgewacht hat", meint kritisch Wilhelm-August.

„Das Thema hatten wir doch schon fast täglich seit Antonia-Hermina auf der Welt ist, ich weiß auch nicht wie man es machen soll", mischt sich Martina in das Gespräch ein.

Es wird durch lautes Hufgetrappel auf der Marktstraße gestört. Eine größere Gruppe scheint sich vom Marktplatz aus zu nähern. In Höhe des Hauses Barkenstein verlangsamt sich das Tempo. Jemand ruft einen Befehl. Darauf hin bleiben einige der Reiter auf der Straße halten. Wenige reiten in den Hof vor den Eingang des Hauses und bleiben dort stehen.

„Wer das wohl ist, schon wieder eine neue Einquartierung oder etwas erfreulicheres?", fragt sich laut der alte Barkenstein.

Mit einem deutlichen Schlag wird an die Haustür geklopft.

Ohne zu warten wird sie gleich darauf geöffnet und eine bekannte Stimme fragt laut: „Ortsvorsteher Barkenstein, sind Sie zu Hause?"

„Ach, so eine Überraschung! Der General besucht uns", sagt Barkenstein. Er springt auf und geht schnell zur Zimmertür und öffnet sie.

„Herr General Blücher, ich freue mich Sie zu sehen. Das ist aber eine Überraschung."

„Jawoll, Herr Barkenstein, eine Überraschung für Sie. Leider habe ich nicht nur gute Nachrichten für Sie."

„Kommen Sie doch erst mal hinein, wir sind gerade beim Frühstücken."

Zusammen mit dem General kommt Barkenstein ins Zimmer zurück.

„Guten Morgen, ich habe gehört, hier wartet ein Frühstück auf mich, deshalb bin ich gekommen", scherzt General Blücher beim Eintreten.

„Was führt Sie denn nach Greven?" fragt Anton, nachdem Blücher sitzt.

„Ich bin mal wieder auf dem Weg nach Berlin. Die Herren dort möchten wohl meine militärischen Kenntnisse nutzen. Auch wenn Sie mich lieber beim Wegreiten sehen."

„Haben denn die Strategen in Berlin nicht genug vom Krieg gegen Napoleon? So oft haben sie gegen diesen Kaiser der Franzosen verloren. Das ruiniert noch den ganzen Staat."

„Sie wissen ja schon lange, dass ich eine große Abneigung gegen diesen Herrn habe, aber auch ich denke, dass es noch nicht an der Zeit ist, ihn zu besiegen. Er hat noch nicht den Zenit seiner Macht erreicht."

„Und wie lange soll man noch warten. Außer den Engländern ist doch bald niemand mehr da, der gegen ihn kämpfen kann", fragt Anton.

„Stimmt, die Engländer haben ihm das Meer genommen. Napoleon ist auf das Festland beschränkt. Ob er es wagen wird, die Engländer auf ihrer Insel anzugreifen weiß ich nicht, zumindest haben sie den größten Burggraben der Welt mit Ihrem Kanal zu Frankreich", meint Blücher.

„Russland wäre da noch, aber der Zar kann auch nicht immer neue Armeen finanzieren, denn er kämpfte schon in den vergangenen Jahren mit Preußen und Österreich gegen Frankreich", ergänzt Anton Blüchers Überlegungen.

„Stimmt, Russland ist noch das letzte Land in Europa, das der Korsar nicht betreten hat. Wird es wohl auch nicht, warum sollte er in den fernen Osten gehen, wenn er hier im Westen alles hat?", erweitert der alte Barkenstein die Überlegungen seiner Vorredner.

„Ach was, Russland, da würde ich nicht rein gehen, wissen sie wie weit das Land ist? Aber jetzt etwas anderes. Ich habe noch eine schlechte Nachricht für Sie, Herr Barkenstein. Es wird eine erneute Einquartierung geben."

„Das ist wirklich schlecht, unsere Bauern wissen bald nicht mehr, wie sie die Lieferungen an die Armee zustande bekommen sollen. Auch die Steuern und Abgaben für die Kriege und die Verwaltung steigen unaufhaltsam. Gleichzeitig erschweren die Auflagen und Kontrollen der Franzosen das Geschäft", bemerkt kritisch Wilhelm-August Barkenstein.

„Herr Barkenstein, diese Klage bekomme ich von jedem Bürgermeister und Ortsvorsteher meines Verwaltungsgebiets zu hören. Auch ich kann da wenig machen. Die Direktiven und Befehle kommen aus Berlin. Und wie ich darüber denke wissen Sie."

„Ja, das haben sie uns auch schon geschrieben, aber es ist doch ...", Anton kommt nicht weiter.

„Junger Herr Barkenstein, es ist das Vorrecht der Jugend etwas stürmischer zu sein. Dies bewundere ich auch bei meinen Männern und es hält mich auch jung... , ähäm ..., ... etwas jünger. Greven habe ich in der Vergangenheit immer versucht etwas zu entlasten. Warum habe ich ihnen vor Jahren denn nur diese drei Husaren und nicht ein ganzes Regiment zu Fuß einquartiert? Das war auch später so. Ich möchte damit auch weiterhin die Unterstützung Ihres Herr Vater für die Sache Preußens fördern." Blücher ist über Antons Einwand erregt.

„Entschuldigen Sie, werter Herr General, meinen Sohn, wie sie schon sagten, der Elan der Jugend. Was und wann soll denn nach Greven kommen?", schlichtet der alte Barkenstein die Situation.

„Morgen kommt eine Eskadron mit dem von Sydow an der Spitze nach Greven. Der bleibt mit seinen 80 Männern hier ein paar Wochen, wegen der Ruhe für den nächsten Einsatz. Größere Kontingente habe ich in andere Orte verlegt. Aber der hat seine Leute in der Hand", erklärt den beiden Barkensteins der alte General.

„Nun, in der Vergangenheit haben wir das geschafft, das werden wir auch jetzt schaffen. Aber ich werde den Ortsrat zusammen treten lassen wegen der Einquartierung, das müssen wir besprechen."

„Jetzt muss ich aber weiter. Danke für die Bewirtung von mir und meinen Männern. Ah, Frau Barkenstein, Gott zum Gruße und gehabt Euch wohl", grüßt der alte General während er aufsteht, das Zimmer verlässt, durch die Haustür geht und sein Pferd besteigt.

„Anton, geh herum im Ort und sag den Mitgliedern, dass sich morgen früh der Ortsrat trifft. Diese Einquartierungen müssen wir mal grundlegend beraten", gibt Wilhelm-August seinem Sohn auf.

Kapitel 3: **Der Ortsvorstand**

„Meine Herren Dorfvorsteher, ich bedanke mich, dass Sie so schnell hier zusammen kommen konnten. Es gibt wichtiges zu besprechen." Wilhelm-August Barkenstein sitzt mit den Mitgliedern des Dorfvorstandes im Hinterraum des „Goldenen Reh" zusammen um einen aus mehreren kleinen zusammengestellten großen Tisch. Zusammen mit ihm sind anwesend die Kaufleute August Schlüter und Georg Tersteegen, der Amtsschreiber Anton Schlünde sowie der Bauer Schulze Höppling-Grotthoff und Konrad-Wolfgang Bölker als Ortsvogt. Bei dieser Runde handelt es sich um die wesentlichen Mitglieder im Dorfvorstand von Greven.

„Wilhelm halte hier keine großen Reden, wir sind hier nicht beim Schützenfest, raus mit den schlechten Nachrichten. Der Blücher war doch gestern bei Dir, was war denn?", rüffelt Schlüter seinen Freund und Geschäftskonkurrenten.

„Warum wurde denn nicht schriftlich eingeladen? Auch konnte ich die anderen Schulzen nicht informieren. Nur Ihr Sohn ist wohl herum gegangen und hat die Einladung verkündet", beschwert sich Höppling-Grotthoff.

„Ich weiß, ich weiß. Aber es ist kurzfristig wichtig und wir sollten uns die Zeit nehmen für eine breite Debatte."

„Finde ich auch. Mir ist es auch nicht angenehm immer nur von jetzt auf gleich irgendwelche Soldaten einzuquartieren. Das macht böses Blut. Die Herren Ortsvorsteher müssen sich doch zu einer Regelung verständigen", versucht Bölker seine Probleme deutlich zu machen.

„Also, jetzt erst mal eine Tagesordnung aufstellen!", wünscht sich Anton Schlünde.

„Stimmt genau Anton, also Wilhelm, was soll als erstes drauf?", fragt Tersteegen.

„Seit mal etwas ruhiger, dann brauche ich nicht zu schreien. So, das ist besser. Der General teilte mir mit, dass heute eine Eskadron Reiter kommt und für einige Wochen – wohl den ganzen August – Quartier benötigt", gibt Barkenstein sei Wissen weiter.

„Eine Eskadron sind so ungefähr 80 Reiter. Die müssen aufgeteilt werden. Für einen Hof viel zu viel. Selbst für meinen", erklärt der Schulze. Aus einem Wust von Papieren heraus kommt die Stimme vom Ortsvogt

Bölker: „Heute 80 Soldaten, morgen 20, übermorgen 50. Ich habe hier die Zahlen für 1805 zusammen geschrieben: Am 1. Juli 112 Mann unter von Goltz bis zum 1. September. Am 14. November 100 Dragoner, am 19. November 1 Offizier, 3 Unteroffiziere und 43 Soldaten des Regiment Lettow."

„Das hat uns viel Geld und Nerven gekostet. Die Bewohner Grevens haben sie auch mit wenig Freude empfangen, aber mit viel Freude den Weggang begangen", kommentiert August Schlüter die Informationen von Bölker.

„Aber es geht noch weiter! Im März die Eskadron von Oppen für ein paar Tage und dann, im April, wieder 50 Mann in Greven", der Amtsvogt zeigt seine deutliche Liebe für Zahlen.

„Hast ja Recht, Konrad. Der Höhepunkt war dann im Juni. Keine 2 Monate ist das her, als dieser von Lehmann mit über 130 Mann in Greven einfiel. Davon haben sich einige Quartiergeber bis heute nicht erholt. Dagegen waren die paar Feldjäger etwas später eine Erholung", ergänzt Tersteegen die allgemeine Entrüstung mit weiteren Daten.

„Genau, das meine ich auch, es ist bald nicht mehr zu machen. Aber wie sollen wir denn jetzt vorgehen? Wie sieht denn die offizielle Quartierean-zahl für Greven nochmal aus?", fragt Barkenstein den Amtsvogt.

„Zur Erinnerung sei als erstes die Art der Quartierzählung mitgeteilt. Die Quartiere werden aufgeteilt nach ganzen, dreiviertel, halben und vier-tel. Die Bewertung erfolgt aus der Qualität der Häuser sowie deren Auf-nahmekapazität für Soldaten. Im ganzen Kirchspiel Greven haben wir 38 ganze, 33 dreiviertel, 67 halbe und 101 viertel Quartiere. Insgesamt somit 121 ½ ganze Quartiere. Wenn wir Gimbte noch hinzunehmen kommen wir auf 134 ¾ ganze Quartiere", doziert Amtvogt Bölker. „So weit, so schön, lieber Bölker. Dazu kommen noch leer stehende Häuser", ergänzt Barkenstein.

„Das stimmt. Wir haben somit genügend Quartiere. Dank der zwi-schenzeitlichen Reparatur der gröbsten Mängel, besonders bei den leer stehenden Häusern, sind wir für die Einquartierung wieder gerüstet", geht Bölker in seinem Vortrag weiter.

„Wenn wir aber einen besonders feinen Offizier haben? Wie steht es denn mit der Witwe Laumann? Dort könnten wir doch ein, zwei Offi-ziere unterbringen? Geld kann die Witwe doch gut gebrauchen", fragt Tersteegen.

14

„Die Witwe Laumann hat derzeit einen Gast. Somit wäre noch ein Platz für einen Offizier frei", erklärt Barkenstein seinen Vorstandskollegen.

„Danke, soweit die Quartierfrage. Aber wir müssen auch an die Kosten für die Verpflegung denken. In 1805 hat uns dies 1.736 Taler gekostet. Kosten, die durch die immer schlechter werdenden Handelsmöglichkeiten immer stärker drücken", geht der Stadtvogt in seinem Vortrag weiter.

„Ja, das kommt noch hinzu. Der Krieg ist nun mal nicht die beste Zeit für die Geschäfte des Kaufmanns", kommentiert Tersteegen die gemachten Ausführungen.

„Der Herr Tersteegen braucht hier nicht zu klagen. Das Geld für die Abschlagszahlung, um nicht Einquartierung zu erdulden, hat er bis jetzt noch immer aufbringen können", wird der Vorredner vom Schulzen Höppling-Grotthoff angegangen.

„Ja, das musste ja kommen, diese Unterstellung, jedes Mal, wenn wir dieses Thema beraten. Aber was zahle ich denn? Das sind doch die Kosten für Obdach, Nachtlager, Feuer und Licht, welches den Soldaten vom Quartiergeber zu stellen sind", reagiert unwirsch Tersteegen.

„Meine Herren, so nicht, wir müssen an das Wohl aller Grevener denken. Da ist gegenseitige Beleidigung nicht sehr dienlich", versucht Barkenstein die Wogen zu glätten.

Nach diesen gemachten Ausführungen erhalten Ortsvogt Bölker und Amtsschreiber Schlünde den Auftrag sich um die Einquartierung der von Blücher angekündigten Soldaten zu kümmern.

Kapitel 4: **Fahrtunterbrechung**

Langsam dämmert der Tag über dem Münsterland. Jeder, den nicht seine Arbeit oder ein anderer Zwang dazu verpflichtet, geht zurück nach Hause, um die Dunkelheit der Nacht zu meiden. Es gibt aber auch Zeitgenossen, denen dieses Halbdunkel an den Sommerabenden gerade recht kommt. Nach wenigen Metern ist man nur noch als Schemengestalt zu sehen. In schwarzer Kleidung gehüllt, einem Geist oder Teufel gleich, unkenntlich. Einige dieser Zeitgenossen sitzen, knien und stehen auf einer kleinen Anhöhe oberhalb des flachen Emstals. Von einigen Sträuchern verdeckt, schauen sie mit interessiertem Blick hinunter in die vor ihnen liegende Niederung.

„Meine Herren, dort kommt unser nächster Geschäftspartner. Mein Informant in Lingen hat mich bestens bedient", erklärt ein hochgewachsener Mann den Umstehenden.

„Hauptmann, es dürfte genauso einfach sein wie bei den anderen Schiffen", meldet sich einer der Männer, „diese Püntenschiffer sind nicht die Mutigsten."

Den, der mit Hauptmann angesprochen wurde, ist vornehm in feinen, dunklen Stoff gekleidet. Häufiges Reiten hat Verschleißspuren an einschlägigen Stellen hinterlassen, obwohl diese bei der Herstellung besonders bedacht worden waren. Durch seine schwarze Kleidung strahlt er eine strenge Vornehmheit aus. Allerdings fehlen ihm jegliche Rangabzeichen und äußeren Merkmale die ihn als Hauptmann auszeichnen. Seine Ausstrahlung wird kontakariert durch das Aussehen der umstehenden Untergebenen. Die Ausstattung dieser Personen ist denkbar willkürlich und ohne gestalterische Feinheiten. Oft besteht sie aus Teilen ehemaliger Uniformen, abgewetzten und abgelegten Kleidungsstücken und Selbstgenähtem aus Stofflicken. Gemeinsam steht diese Vereinigung von „Gentleman" zusammen und schaut hinunter zur Ems, auf der eine Pünte in der langsam untergehenden Sonne seinen Bahnen stromauf zieht. In völliger Unwissenheit um ihr „Publikum" arbeitet sich die Besatzung ihren Weg den Fluss hinauf in Richtung Greven. Am Ufer ziehen mehrere Pferde die beladene Pünte gegen die Fliessrichtung des Wassers nach Süden. Die Treidelarbeiter mit ihren Pferden sind bei der Arbeit nicht allein. Zwei bewaffnete Begleiter sollen mögliche Räuber abhalten die Pünte anzugreifen.

„Langsam sollten wir uns ein Plätzchen für die Nacht suchen. Wir können in der Dunkelheit doch nicht weiter fahren", meint Walter Hülsbusch.

Wegen der gefährlichen Lage mit den Räubern hatte ihn Wilhelm-August Barkenstein zur Sicherung der Pünte mit geschickt. Ein Auftrag, wie er ihn noch nicht bekommen hatte, seit er vor Jahren in die Dienste der Familie Barkenstein aufgenommen wurde.

„Stimmt, ich denke, wir werden nach der nächsten Flussbiegung die dortige Sandbank für die Nacht nutzen. Die Stelle ist richtig geeignet dafür", bestätigt der Treidelgeher den Wunsch seines Vorgesetzten.

In der langsam einsetzenden Dunkelheit verschwimmen die Konturen von Landschaft, Bäumen und Sträuchern. Ob sich hinter einem Strauch etwas befindet, kann man nicht mehr erkennen. Das Gefühl für Entfernungen kommt durcheinander. Walter hatte sich mit der Entfernung zur Sandbank schon getäuscht. Wenn sie mit der Pünte jetzt in die Dunkelheit geraten, kann es besonders gefährlich werden, ist ihm bewusst. Beim Passieren einer Gruppe Sträucher am Ufer kommt ihm ein ungemütliches Gefühl, so als würden sie beobachtet.

„Last uns etwas schneller gehen, damit wir das Lager für die Nacht erreichen", will er noch dem Treidelführer sagen, als er aus dem Augenwinkel einen Schatten auf sich zukommen sieht.

Bevor er etwas machen kann, wird er von starken Händen ergriffen und zu Boden gestoßen. Auch die beiden anderen Begleiter kommen nicht mehr dazu ihre Waffen zu nutzen. Aus dem Dunkel strahlt ein Licht auf und tastet die umringten Treidelmänner ab. Bei Walter bleibt er hängen.

„So eine unfreundliche Art von mir, einen ehrenwerte Mann, wie den Herrn Hülsbusch so ruppig zu behandeln", sagt eine Stimme aus der Dunkelheit.

Hände greifen Walter und reißen ihn wieder auf die Füße. Wankend bleibt er stehen.

„Was soll das! Sie wissen, dass .... !"

„Ich weiß, dass Sie hier jetzt nichts mehr zu bestellen haben, Herr Hülsbusch. Rufen Sie den Männern auf der Pünte zu, dass sie keine Dummheiten machen sollen. Es wäre doch zu schade, Ihrer Mutter mit der Durchführung einer unvorhergesehenen Beerdigung zu belästigen", sagt der Mann in Dunkel mit einer Stimme die keinen Widerspruch duldet.

Die Männer auf der Pünte lenken das Fahrzeug gegen das östliche Ufer, unterhalb der Treidelgruppe und Räuber. Jetzt werden von den Räubern

Fackeln angezündet, die Mitarbeiter zur Pünte geschubst und die Pferde an die Sträucher am Ufer festgebunden. Alle tragen lange Umhänge, welche die Kleidung weitgehend verdecken. Dazu Hüte und Gesichtsmasken mit zwei Löchern für die Augen. Nachdem die Pünte und das Ufer von den Räubern gesichert sind, steigt der große Mann in Schwarz auf das Schiff. Ganz gezielt schaut er sich die Waren an. Die Massengüter beachtet er nicht. Die Kisten unter den Leinenplanen auf Deck und die Waren in der Kajüte interessieren ihn. Auf sein Kommando hin nehmen einzelne Räuber bestimmte Waren mit zu den bereit gestellten Pferden.

„Herr Hülsbusch, ich suche noch eine besondere Ware. In der Kajüte fehlt sie. In den Kisten ist das Päckchen auch nicht. Wo haben Sie die Diamanten?"

„Sie sind ja bestens informiert. Da müssten Sie doch auch den Aufbewahrungsort wissen", kann sich Walter mit seinem flotten Mundwerk nicht zurück halten.

„Festhalten!" kommt ein kurzer Befehl. Vier starke Arme ergreifen Walter.

Der Mann in schwarz durchsucht genau die Kleidung von Karl. Die im Saum von Walters Jacke eingenähten Steine findet er nach etwas suchen. Mit einem scharfen Messer schneidet er die Jacke auf und nimmt den Beutel an sich.

„Schaut auch bei dem anderen Herrn nach. Vielleicht haben sie ja die Steine unter sich verteilt."

„Jawoll, Herr Haupt....!" „Ruhe!!", fährt dem Räuber der Mann in Schwarz dazwischen.

Allen Mitarbeitern durchsuchen die Räuber die Kleidung. Auch beim Püntenkapitän finden sich einige Steine.

„Fesselt die Männer auf dem Schiff, sperrt sie in die Kajüte und lasst das Schiff abtreiben." An Walter gewendet gibt sich der Mann in Schwarz freundlich.

„Sehr geehrte Herr Hülsbusch, ich bedanke mich auch im Namen meiner Männer für Ihre vorzüglichen Manieren und das mit Ihnen gemachte gute Geschäft. Vorzügliche Grüße an den ehrenwerten Herrn Barkenstein."

Walter kann nicht mehr antworten, da ihm und seinen Mitarbeitern Knebel in den Mund gesteckt werden. Gemeinsam schleppt man sie in die Kajüte auf der Pünte und bindet sie hier aneinander. Walter kann hören wie die Räuber die Pünte verlassen und die Böschung der Ems hinauf gehen. Jemand löst das Seil an dem die Pünte festgemacht worden war und das Schiff folgt der Wasserrichtung nach Norden auf Rheine zu. Das letzte Geräusch welches die Mannschaft hört, ist sich entfernendes Hufgetrappel.

Kapitel 5: **Schlechte Nachricht**

„Die Geschäfte mit Übersee werden immer schwieriger. Die Franzosen kontrollieren die Schiffe mit jeder Fahrt stärker und schränken den Handel mehr und mehr ein."

„Ja, hier schreibt mir der Herr Churchill, dass er große Probleme hat, überhaupt noch von London nach Amsterdam zu liefern. Nicht nur die hohen Steuern, sondern auch das Verbot für bestimmte Waren setzt ihm ganz schön zu."

„Würde mich gar nicht wundern, wenn die Franzosen, der Napoleon, den ganzen Handel mit den Engländern verbieten würde."

„Dann müsste er aber die ganzen Küsten von Spanien bis Norwegen bewachen", denkt Anton die Überlegung seines Vaters weiter.

Die beiden Geschäftsleute Barkenstein sitzen im Arbeitszimmer von Wilhelm-August um sich über die nächsten Geschäftsabschlüsse zu unterhalten. Die kriegerischen Auseinandersetzungen zwischen Frankreich auf der einen und Preußen, Russland und Österreich auf der anderen Seite behindern die Geschäfte beträchtlich. Weit kritischer für ihre Planungen entwickelt sich aber die langjährige Feindschaft zwischen Frankreich und England. Da England die Meere beherrscht, ist sein Einfluss auf den Warenhandel deutlich größer als bei den Kontinentalmächten. So in Gedanken vertieft bemerken sie nicht, dass es vor dem Haus Aufregung gibt. Ein Lagerarbeiter vom Püntenanleger kommt auf den Hof gelaufen. Da der Haupteingang von Bediensteten nicht genutzt werden darf, läuft er erst einmal um das Haus herum zum Ki Küchen eingang. Hier empfängt ihn Klementine Auermann, die Köchin im Hause Barkenstein. Den Arbeiter lässt sie nicht ohne eine Kurzfassung der Neuigkeit weiter ins das Haus gehen. Sie ruft erst den Butler Wilhelm, damit dieser den einfachen Angestellten mit zu den Herrschaften begleitet. Als dieser die Nachricht hört, ist ihm aber sofort klar, dass jede Verzögerung unweigerlich zu einem Rüffel vom alten Barkenstein führen wird, und gibt deshalb einen solchen schon mal an die Köchin weiter.

Ohne groß auf eine Antwort zu warten öffnet er die Tür zum Arbeitszimmer nach einem kurzen Klopfen und teilt den beiden überrascht schauenden Barkensteins folgendes mit: „Entschuldigen Sie meine rasches und unvorbereitetes Eindringen, aber die Nachricht die Ihnen Ihr Mitarbeiter zu machen hat ist sehr wichtig...!"

„Eine wichtige Nachricht? Was ist denn los? Nun sag er schon was er zu sagen hat!", Wilhelm-August Barkenstein ist ungehalten über diese Störung seiner Arbeit.

„Keine Angst, mein Vater will sie nicht bestrafen. Nun raus mit der wichtigen Nachricht", versucht Anton den Mitarbeiter zu motivieren. Mit einem ängstlichen Gesichtsausdruck schaut der Lagerarbeiter die beiden Barkensteins an. Erst nach Antons freundlicherer Motivation wagt er es den Mund zu öffnen.

„Der Heinrich-Erich ist überfallen worden ..!", kommt es aus seinem Mund.

„Quatsch, der ist doch bei der Marele im Zimmer. Was ist wirklich los?", Wilhelm-August hat seine Verärgerung noch nicht überwunden.

„Nein, nicht doch der junge Herr, nein die Heinrich-Erich, was das Schiff, die Pünte, ist, die ist überfallen worden. Ja, so ist das!!"

„Ganz langsam, setzen sie sich mal da an den Tisch. Hier nehmen Sie, ein Glas mit Fruchtwasser. Und jetzt erzählen Sie mal in aller Ruhe", Anton merkt, dass hier nur mit Ruhe ein richtiges Ergebnis zu erzielen ist.

„Da, das ist so. Die Heinrich-Erich, die Pünte, ist zwischen Rheine und Emsdetten auf der Ems überfallen worden. Die Treidelleute wurden überfallen. Leute mit schwarzen Gesichtern und Waffen bedrohten die Männer. Auch mein Sohn war dabei." „Ganz ruhig, ist ihrem Sohn etwas passiert?"

„Die haben sie gezwungen die Pünte ans Ufer zu ziehen. Dann haben diese Räuber die Kajüte und die Waren durchsucht. Nur die teuren Dinge haben sie mitgenommen. Dann wurden mein Sohn und die anderen gefesselt und die Pünte auf die Ems hinaus gestoßen."

„Jetzt sind auch wir ein Opfer dieser verfluchten Emsräuber geworden.... !!! ....! ,, Wilhelm-August weitere Wortwahl ist für ein öffentliches Ohr nicht bestimmt.

Es ist nicht der erste Überfall auf eine der Pünten der Grevener Kaufleute. August Schlüter und Georg Tersteegen teilten schon dieses Schicksal, welches jetzt auch die Barkensteins ereilt.

„Wir müssen uns besser zusammentun und die Schiffe mit bewaffneten Leuten sichern! Ich muss mit dem Blücher darüber reden. Der soll seine Soldaten richtig einsetzen, anstatt sie in Münster oder sonst wo herum sitzen zu lassen", der alte Barkenstein tobt.

„Vater, Du weißt, dass Ihm da die Hände gebunden sind. Diese Räuber nutzen die Grenze aus. Nach dem Überfall gehen sie getrennte Wege zu beiden Seiten der Ems und treffen sich dann irgendwo."

„Stimmt, diese Grenze entlang der Ems ist deren Vorteil. Damit rechnen die doch. Der Fürst in Rheine nutzt sein Geld doch nur für seinen Palast und den eigenen Hof. An der Grenze interessieren den nur die Zolleinnahmen."

„Solche Grenzsituationen nutzen auch anderswo Räuberbanden. In der Zeitung stand darüber aus dem Spessart, um Frankfurt, und entlang des Rhein. Denen wird das Militär und die Justiz nicht Herr, weil die auch immer die Grenzen zur Flucht nutzen. Über der nächsten Grenze sind sie dann völlig unbescholtene Menschen", erklärt Anton die Situation.

Kapitel 6: **Ein alter Bekannter**

„Sehr geehrter Herr Barkenstein, hier ist ein Besucher für Sie."
Anton-Konrad sitzt an seinem Schreibtisch über Geschäftsunterlagen.
Ganz in Gedanken blickt er auf und sagt „Was? Ein Besucher. Ich habe
gar keine Zeit!"

„Das wäre aber schade, wenn der junge Herr Barkenstein keine Zeit für
mich hätte. Zumal ich Ihm doch den Weg zu seinem persönliche Glück
bereitet habe!"

„Hallo Herr von Theile. Das ist aber eine tolle Überraschung. Für Sie
habe ich natürlich Zeit. Kommen Sie herein. Wilhelm, bringen Sie etwas
zu trinken und eine kleine Stärkung."

„Danke, danke, aber lassen Sie mich erst mal zur Ruhe kommen. Ich
bin doch gerade erst angekommen. Mein Pferd ... !"

„Stimmt. Warte, ich mach das", Anton springt auf, geht in die Küche
und sagt den anwesenden Bediensteten, „Sorge jemand für das Pferd vom
Herrn von Theile. Das Tier kommt in unsern Stall."

„So, dem Pferd wird geholfen", informiert Anton seinen Besucher bei
der Rückkehr in das Arbeitszimmer.

„Ja danke, das ist nett. Der Butler hat mich schon mit Essen versorgt."

„Dann stärkt Euch erst mal und dann möchte ich wissen, was in den
letzten Jahren so geschehen ist."

„Ach, die paar Krümel werden mich nicht umbringen. Da kann ich
trotzdem etwas erzählen. Bevor ich hier anklopfte, konnte ich es mir nicht
verkneifen, die alten Kampfplätze aufzusuchen."

„Wo denn?"

„An erster Stelle die internationale Grenze zur Großmacht Rheina-
Wolbeck. Die Grenze hat sich nicht verändert. Und der Obergrenzer, wie
hieß er noch, na, dieser Elsässer, ja, Baumgartner, der hält noch immer
seine Wacht an der Ems."

„Stimmt. Das ist ganz gut für uns hier in Greven. Der kontrolliert zwar
die Warenlieferungen über die Grenze. Aber bei familiären Kontakten
spielt er mit. Den Kirchgang können alle aus links der Ems ohne Probleme machen."

„Und am Schiffsanleger werden auch kräftig Kisten und Säcke gestemmt.
Wie es scheint, hat die Grenze dem Treiben keinen Abbruch beschert."

„Ganz im Gegenteil, es geht sogar aufwärts. Dieser Fürst in Rheine lässt den Max-Clemens-Kanal versanden. Den interessiert nur seine Hofhaltung. Aber uns kann das nur recht sein. Wenn der Kanal nicht mehr funktioniert, wird der Transport auf der Ems wieder ansteigen."

„Da geht über der Kaufmannschaft zu Greven ja der blaue Himmel der Zufriedenheit auf."

„Nein, das nicht. Die Kriege des Herrn Napoleon drohen noch immer und wohl auch in Zukunft. Wir bekommen ja auch Waren aus England. Wenn nur die Franzosen nicht so scharf kontrollieren würden. Die wollen einfach nicht, das da Waren aus Britannien zu uns kommen."

„Ja, ja, die bösen Franzosen. Auch in Berlin wird kräftig auf sie geschimpft. Und unsere ach so starken Militärs grübeln über immer neue Schlachtpläne gegen sie. Nur, dass sie sich regelmäßig Niederlagen einhandeln", bemerkt von Theile.

„Ich lese davon aus der Zeitung. Aber auch die ganzen Lieferungen und Soldatenaushebungen belasten unseren kleinen Ort. Es sind schon einige von unseren Bauernsöhnen in der Preußischen Armee."

„Dieses kleine Vergnügen konnte ich mir verkneifen. Es ist mir auch lieber mich mit wichtigeren Dingen zu beschäftigen. Ein gutes Buch ist mir tausend Mal lieber als irgendwelche Kriegskünste."

„Wie ich demnach richtig höre, geht es Ihnen gut im Brandenburgischen. Hat sich Ihre Situation demnach verbessert?"

„Oh ja. Unser kleines Abenteuer hier in Greven hatte eine kleine Fortsetzung für mich in Berlin. Der Vater meines Freundes von Brannenburg war sehr erfreut über das Ergebnis unserer Arbeit und hat mir dies sehr üppig gelohnt. Ein kleines Landgut im Umland von Berlin und ein freundliches Guthaben darf ich mein Eigen nennen."

„Das ist aber eine schöne Wendung für das Haus von Theile", gratuliert ihm Anton.

„Anton, ich muss mit Dir wegen unseres Treffens heute Abend reden", ohne anzuklopfen steht Wilhelm-August Barkenstein in der Tür. „Oh, ein Gast. Warum wurde ich nicht informiert?"

„Herr Barkenstein, entschuldigen Sie, aber ich wollte erst Ihren Sohn mit meiner Anwesenheit überraschen. Ich grüße Sie auch im Namen der Familie von Theile."

„Ach ja, ich werde langsam alt. Der Herr von Theile ist im Lande. Schön, dass Sie da sind, da können Sie vielleicht bei einem Problem helfen", geht der alte Barkenstein direkt auf sein Ziel los.

„Herr Vater, aber doch nicht mit der Tür ins Haus fallen. Ich konnte unserem Freund noch nicht die schlimme Nachricht mitteilen."

„Um was geht es denn? Gibt es denn schlimmeres als Aushebungen und Ablieferungen an die Armee?", fragt von Theile überrascht.

„Schon, Räuber an der Ems. Es sind schon mehrere Pünten überfallen worden. Das kostet uns Geld und gefährdet das Leben unserer Angestellten", erklärt Anton. „Nicht nur, das sie uns bestehlen. Dieses Geld fehlt auch beim Bezahlen der Abgaben an den Staat und für das Militär", ergänzt Barkenstein.

„Und dieses Treffen heute soll so etwas wie die Generalmobilmachung gegen diese dunklen Umtriebe sein?", ergänzt fragend von Theile. „Jawohl. Ich habe einige Kaufleute zusammen gerufen um zu überlegen was zu machen ist."

„Diese Räuber nutzen die Grenze. Je nachdem kommen sie aus Rheina- Wolbeck oder aus dem Preußischen und verschwinden auch wieder schnell. Die Grenze macht eine Aufklärung sehr schwer."

„Dann sollten sich die Herren mit Ihren dunklen Umtrieben aber bald ein kühleres Plätzchen aufsuchen, denn der Blasebalg für das Feuer unter ihren Füßen wird heute eingebaut", teilt von Theile seinen Beistand mit.

Kapitel 7: **Kriegsrat**

Der Lärm von erregtem Stimmengewirr zieht durch Saal und Schankraum vom „Goldenen Reh" an diesem frühen Nachmittag. In Gruppen stehen und sitzen mehrere Personen zusammen und unterhalten sich halblaut miteinander im Saal der Gaststätte. Anton und seine Freunde Karl Schlüter und Willi Tersteegen sitzen am Ende eines großen Tisches und schauen sich nach den anderen Menschen im Raum um. Dabei sprechen sie leise über das Geschehene. Wilhelm-August Barkenstein steht beim Kaufmann August Schlüter. Auch hier gibt es nur das eine Thema, den Überfall auf Barkensteins Pünte. Eine dritte Gruppe besteht aus dem Kaufmann Georg Tersteegen, dem Ortsvogt Bölker und dem Großbauern Klemens Schulze-Grotthoff. Walter Hülsbusch sitzt an einem kleinen Tisch, etwas abseits vom großen Sitzungstisch des Ortsvorstandes, vor einem Bier. Mit beiden Händen hält er sich an dem Glas fest. Abwechselnd schaut er in das Glas und zu seinem Nebenmann, der mit leiser Stimme auf ihn einredet. Werner von Theile versucht von ihm mehr über die Beraubung der Pünte und das Aussehen der Räuber zu erfahren.

„Meine ehrenwerten Herren, sehr geehrte Ortsvorsteher. Ich empfinde großen Dank, dass Sie so schnell zu dieser Sitzung kommen konnten. Die Bedeutung des Themas dieser Sitzung hat es mir geraten erscheinen lassen, weitere Personen hinzu zu holen. Da ist zum einen der Herr von Theile. Einigen ist der Herr noch in Erinnerung durch die Überführung des preußischen Offiziers vor einigen Jahren, der uns auch geschäftlich geschadet hatte. Herr von Theile hält sich besuchsweise in Greven auf und war spontan zur Teilnahmen bereit. Dafür gilt Ihnen mein herzlichster Dank."

„Es ist mir eine Ehre und Verpflichtung Ihnen und ihrem Sohn meine Hilfe bei der Lösung dieser Aufgabe anbieten zu dürfen", erwidert der Angesprochene.

„Danke, Herr von Theile. Des Weiteren habe ich Walter Hülsbusch hinzu gezogen. Er ist in meinem Haushalt in Lohn und Brot und ist eines der Opfer von diesem dreisten Überfall auf die Pünte. Er kann – so hoffe ich – etwas zum Ablauf dieser gefährlichen Tat und der Räuber sagen", beendet der alte Barkenstein seine Begrüßung.

„Wir sollten die folgenden Punkte auf dieser Sitzung beraten und, wenn irgend möglich, einer Lösung zuführen", fährt Ortsvogt Bölker weiter aus.

„Zum Ersten der Ablauf der Überfälle auf die Pünten und das mögliche Aussehen der Räuber. Danach müssen wir die Folgen für unser kaufmännisches Handeln beraten und zum Ende der Sitzung die Möglichkeiten der Räuber habhaft zu werden erörtern. So, meine Herren, ich denke, das Walter Hülsbusch und der ehrenwerte Herr von Theile als erste uns Bericht erstatten."

„Ehrenwerter Herr Ortsvogt Bölker, erlaubt mir zuvor eine Frage!", wendet sich schnell Großbauer Höpplling-Grotthoff ein. „Ja, was ist Ihr Begehren?", stimmt der Vogt zu.

„Wenn ich dieses Treffen, trotz der kurzen Zeit der Einladung, bewerten möchte, so handelt es sich doch um eine offizielle Sitzung des vom preußischen König eingesetzten Ortsvorstandes. Es ist aber nicht nur nicht üblich, sondern auch unerwünscht, in einem solch ehrenwerten Gremium Fremde, nicht aus dem Dorf stammende Herrschaften hinein zu nehmen. Es präjudiziert für die Zukunft ein ähnliches Verhalten, wenn wir dieses hier und jetzt erlauben."

„Lieber, hoch angesehener Herr Schulze Höppling-Grotthoff. Es steht mir ganz fern, Ihrer vorgetragenen Befürchtung auch nur mit dem Hauch eines Zweifels zu begegnen. Auch sehe ich in der Einladung des Herrn von Theile nicht den Bruch oder nur die Verletzung einer der eingeführten Verhaltsregeln für unser Gremium. Er steht hier in unserer Runde nicht als Privatperson, sondern in der Funktion eines Beraters unseres Gremiums", erwidert Wilhelm-August Barkenstein dem Bedenkenträger.

„Geschätzter Herr Barkenstein. Es lag mir ganz fern Ihnen oder dem Herrn von Theile eine falsche oder schlechte Absicht zu unterstellen. Es war mir einzig daran gelegen, hier keine falsche Folge aus der Anwesenheit des edlen Herrn ziehen zu lassen", stimmt der Bauer der Anwesenheit von Theiles zu. „Danke für Ihr aufzeigen der Gründe für den Einwand. Dann werden wir jetzt uns dem Überfall und seinen Folgen ganz widmen können. Ich erteile Ihnen, Herr von Theile, den Auftrag zur Erklärung der schändlichen Tat", beginnt Barkenstein die Sitzung.

„Ehrenwerte Herren, sehr geehrter Herr Barkenstein, ich möchte mich nochmals für das Vertrauen bedanken, welches Sie mit der Einladung an mich für diese Sitzung mir aussprechen", erwidert von Theile die Begrüßung.

Danach wendet er sich an Walter Hülsbusch.

„Walter, Du hast den Überfall erlebt. Erzähle uns bitte mit Deinen Worten den Hergang."

Walter steht etwas verlegen auf. Dabei hält er sich am Tisch fest, um nicht das Gleichgewicht zu verlieren. Er wankt beim Stehen.

„Walter, setze Dich ruhig wieder hin und erzähl uns das Erlebte im Sitzen", fordert ihn von Theile auf.

Das Angebot nutzt dieser sofort. Die Anwesenden merken, dass ihm eine Befragung im Sitzen besser gefällt. Verunsichert und vom Überfall gezeichnet beginnt er seinen Bericht.

„Hochehrenwerte Herren, der Überfall. Das war am Abend, so eine halbe Stunde vor'm Sonnenuntergang, als es schon dunkel wurde. Beim Eltinger Sande kamen wir vorbei. Wir wollten noch zur Sandbank dort, um die Pünte für die Nacht zu sichern. Und dann ist es passiert. Ich wusste ja nicht wie's mir geschah. Da stand einer vor mir, der hielt eine Flinte auf mich und drohte mit Mord und Tod, wenn wir nicht aufgeben. Und ein paar weitere dieser Gesellen standen um die anderen am Ufer herum. Die müssen sich zwischen den Büschen am Ufer versteckt gehalten haben. Die waren so schnelle da, da konnte ich nichts mehr was machen. Ganz schlimm war das", Walters Kopf sinkt nach vorn, als würde er träumen.

„So möchte ich versuchen Ihnen den Ablauf bis zu diesem Punkte nach dem, was mir Walter vorher berichtete darzustellen", nimmt von Theile den Faden auf. „Die Räuber müssen einen Informanten haben, der Ihnen über die Ladungen der Pünten berichtet. So erfuhr ich von Walter, dass mehrere Pünten mit minderen Waren nicht überfallen wurden. So, die Fahrt von Herrn Teerstegen, welche ca. 2 Stunden vor der Pünte des Herrn Barkenstein diese Stelle passierte", erklärt von Theile.

„Sie wollen mich doch nicht ...", fährt Tersteegen dem Sprecher ins Wort. „Nein, nein, Herr Tersteegen. Es hätte auch jede andere Pünte gewesen sein können. Die Räuber warteten genau dieses Schiff ab. Das unübersichtliche Ufergelände im Bereich der Sande erleichtert ihnen das Annähern an das Ufer und die Treidelpferde mit den Knechten. Und jetzt weiter, Walter" ermuntert von Theile.

„Nun ja, da stand dann dieser Mann mit seinen Pistolen vor mir. Der hatte einen Umhang an, ganz schwarz und etwas vor dem Gesicht hatte er auch. Den konnte ich nicht erkennen. Der hat uns bedroht mit seinen Pistolen. Bevor ich etwas machen konnte, waren schon andere da und nahmen mein Gewehr. Herr Barkenstein, da war nichts zu machen."

„Das war richtig, sonst hätten sie Dich getötet", beruhigt Barkenstein.

„Dann forderte ein sehr großer Mann auf einem Pferd die Besatzung der Pünte auf ans Ufer zu fahren. Auf den großen Mann haben alle anderen gehört. Der war so was wie ein Hauptmann. Als der rief zielten die anderen auf unsere Köpfe und mit Gewehren auf das Schiff. Da drehten sie die Pünte auf das Ufer zu und die Räuber sprangen auf das Schiff. Dann trieben sie uns in eine Ecke von der Pünte. Die schauten genau nach", Walters Stimme erstickt.

„Danke Walter, ich werde wieder ergänzen. Wie sie gehört haben, ist der Schwachpunkt bei den Überfällen die Treidelgruppe am Ufer. Dies ist leider nicht zu ändern, die diese für den Schiffsbetrieb emsaufwärts notwendig ist. Der Überfall auf diese Gruppe entspricht einer logischen Überlegung. Erst die Treidelgeher gefangen nehmen und anschließend die Besatzung zwingen an das Ufer zu fahren, so der Ablauf der Tat. Wichtiger für mich ist aber das weitere Vorgehen der Räuber. Sie suchen sich die Waren die sie mitnehmen wollen, genau aus. Dabei lassen sie mindere Ware auf der Pünte zurück. Sie hat für die Räuber keinen Wert", doziert von Theile.

„Da dürfen wir uns etwa noch bei diesen Räubern bedanken?", entrüstet sich Kaufmann Schlüter.

„Ehrenwerter Herr Schlüter, ich bereite Ihnen nur eine nüchterne Vorstellungen von dem Handeln der Räuber. Eine Wertung der Taten überlasse ich Ihnen. Aber, dies sei auch gesagt, dieses Vorgehen ist wie ich schon darstellte, logisch. Den Räubern kommt eine Fuhre Holz nicht recht, da sie schwer ist und wenig Wert hat. Hinzu müssen Sie den Transport beachten. Dazu dienen ihnen ihre Pferde. Von einer Kutsche hat Walter Hülsbusch nichts vernommen. Es würde auch die Geschäfte dieser Herren erschweren und verlangsamen."

„Was meint Ihr damit?", fragt der alte Barkenstein.

„Nun, so sei es denn, obwohl es eigentlich mehr für die Überlegung der weiteren Maßnahmen wichtig ist. Auf ihren Pferden gelingt es ihnen in kurzer Zeit eine beachtliche Strecke zu überbrücken. So dürften sie schon in der Nacht entfernte Regionen dieser Gegend, des Münsterlandes, erreicht haben. Auch das Tecklenburger Land, die ehemalige Grafschaft, kann ihr Ziel sein. Walter, was geschah aber nachdem sie die Pünte ausgeraubt hatten?"

Walter Hülsbusch stehen dicke Schweißperlen auf der Stirn, als er mit dem Bericht beginnt.

„Die drohten uns nach dem Leben, wenn wir nicht Ruhe geben. Dann nahmen sie uns einzeln zur Seite. Ein Tuch zogen sie mir über den Kopf. Und so machten die das auch mit den anderen. Da sah ich dann nichts mehr. Aber Walter hat gute Ohren. Ich habe gehört was die gemacht haben. Uns legten die Räuber auf die Planken von der Pünte. Wir waren an den Beinen und den Armen gefesselt. So war das."

„Da habt Ihr dann auf den Planken gelegen. Und was geschah danach?", fragt von Theile vorsichtig weiter.

„Danach, dann sind die von der Pünte runter gegangen. Und dann, dann, ja dann haben diese Räuber die Pünte auf die Ems getrieben. Einfach auf die Ems und schwimmen lassen. Da war aber keiner am Ruder! Keiner!"

„Danke Walter. Die Räuber haben die Besatzung und die Bewachung nicht getötet. Warum? Das weiß ich auch nicht. Vielleicht sind einige der Mitglieder dieser feinen Gesellschaft verwandt mit Püntenfahrrern. Dies würde die genauen Informationen über Pünten und die eingelagerten Waren erklären. Vielleicht wollen sie dadurch sich nicht die Kleinbauern und Tagelöhner zu Feinden machen. Viele haben doch Verwandte auf den Pünten. Trotzdem werden die Besatzungen durch das Abstoßen der Püten auf die Ems gefährdet. Dadurch erreichen die Räuber, dass sich eine Warnung verzögert. Selbst wenn sich die Überfallenen befreien können, haben sie zuerst die Pünte zu sichern. Erst danach können sie eine Warnung und Berichte senden. Das kann Stunden dauern und gibt den Räubern einen großen Vorsprung", führt von Theile aus.

„Danke für ihre Erklärungen, ehrenwerter Herr von Theile. Was für Folgen haben denn diese Überfälle für Greven und Münster bisher gehabt?", richtet Ortsvogt Bölker das Wort an Grevens Kaufleute.

„Diese Frage zu beantworten stellt sich als sehr schwierig heraus. Trifft es mit mir doch ein finanziell starkes Handelshaus. Der Überfall auf diese Pünte trifft mich somit nicht so stark wie andere Umstände in den vergangenen Jahren. Den Verlust an Waren kann ich überwinden. Auch sorgt ein Mangel an Waren in Münster für ein Ansteigen der Werte und Preise. Damit kann ich den Verlust abdecken. Aber den Kaufmann Schlüter hat der Verlust seiner Waren sehr schwer getroffen", berichtet Wilhelm-August Barkenstein.

„Das mag der Herr Barkenstein wohl laut sagen. Die Forderungen und Wünsche der Militärs haben meine Finanzen stark geschwächt, da fällt die fehlende Ware schwerer ins Gewicht. Wenn nur nicht noch weiteres Ungemach kommt, dann, so Gott will, werde ich es überstehen", bei diesen Worten merken die Anwesenden die tiefe Betroffenheit des Kaufmanns über den Verlust.

„Der Handel über die Ems ist ein starker Wert für Greven. Der Große Markt im August ist hierfür Beleg genug. Ein jedes Behindern und jede Steuer und Abgabe schwächen den Wert desselben. Darum ist es uns ein großes Anliegen, dieses Raubgesindel zu vernichten", gibt sich Ortsvogt Bölker kämpferisch.

„Ehrenwerte Ortsvorsitzende, ihr mögt von einem solchen Wunsch beseelt sein, und es spricht daraus ein berechtigtes Maß an gutem Gefühl, doch möchte ich von unüberlegten Schritten abraten", mischt sich Werner von Theile in das Gespräch ein.

„Und was schlagt ihr vor?", zeigt sich Kaufmann Tersteegen interessiert. „Wie wir aus den Berichten über die beiden Überfälle wissen, haben sich die Räuber nach Norden hin entfernt. In Richtung der ehemaligen Grafschaft Tecklenburg. Vielleicht auch auf Osnabrück. Ich biete Ihnen an, mich mal am Teutoburger Wald, in Lengerich und Umgebung, dort wo diese dunklen Herrschaften ihres Weges ritten, mich umzuhören. Vielleicht ergibt sich aus dem von den Einheimischen aufgeschnapptem eine Spur", bietet von Theile an.

„Ha, schön, wie vor drei Jahren beim Offizier", entfährt es Anton beim Vorschlag des von Theile. Alle Anwesenden schauen mehr oder weniger missbilligend auf den vorlauten Redner.

„Glauben Sie denn, eine Spur zu finden, Herr von Theile? Was soll geschehen, wenn sie diese Räuber und ihren Hauptmann finden?", fragt Tersteegen.

„Vorsichtig sein, sehr vorsichtig sein. Das denke ich als erstes zu beachten, falls wir etwas finden. Selber gegen diese Truppe einzuschreiten ist viel zu gefährlich. Nein, es ist dann besser die preußischen Stellen zu informieren. Aber die Spur dieser Bande und besonders deren Kopf zu finden, kann man erfolgreicher in zivil. Was wäre denn, wenn ein preußischer Soldat sich erkundigt. Eine Uniform mag schön aussehen, Eindruck erwecken, aber sie lässt alle Glocken erschallen bei den Räubern und ihren Helfern", erklärt von Theile.

„Herr von Theile, ich bin Ihr Mann!", kann sich Anton nicht mehr zurück halten.

„Sohn, bemühe Er sich in dieser ehrenwerten Runde eines gepflegten Umgangs. Denk er auch, dass er eine Familie hat und eine Verantwortung dafür zu tragen", fährt der überraschte Barkenstein seinen Sohn an.

„Herr Barkenstein, bevor Ihr Euren Sohn zu sehr für sein ungestümes Verhalten maßregelt, so lasst Euch gesagt sein, dass ich meinen Ritt mit Ihrem Sohn durchzuführen geplant hatte. Des Weiteren würde ich gerne den Walter Hülsbusch dabei haben, da er die Räuber gesehen hat und sie vielleicht erkennen kann. Zudem wäre es sehr zuträglich für sein derzeitiges körperliches Gebrechen, welches aus dem Erlebten wohl hervorgerufen wurde", teilt von Theile den Anwesenden mit.

„Herr von Theile, Ihr wisst, dass mir dies nicht leicht fällt, aber euer Wort, welches Ihr zu Euerm Verhalten beim Suchen der Räuber sagtet hat mich beruhigt. So sei es denn, dass Ihr, mein Sohn und der Walter Euch gemeinsam auf den Weg der Räuber begeben mögt."

„Ich bedanke mich für Euer Vertrauen. Sofern wir nicht neues erfahren, sehe ich den Aufbruch in der Frühe des morgigen Tages als sinnvoll an", gibt von Theile den Termin vor.

„Ehrenwerte Ortsvorstände, verehrter Herr von Theile, ich denke mit diesem Ergebnis kann diese Verhandlung des Ortsvorstandes von Greven ein Ende finden. Ich wünsche einen gottgesegneten Tag und wünsche erfreuliche Ergebnisse bei der morgigen Erkundung."

Mit diesen Worten beschließt Barkenstein das Treffen offiziell.

„Das wäre der offizielle Teil und jetzt zu unserm Walter. Du gehst sofort zum Medicus Warpenberg und lässt Dich untersuchen auf alle Gebrechen die Du hast. Dann lass Dir ein Mittel geben gegen den Schweißfluss und die schwachen Nerven. Lege Dich früh zu Bett, damit Du morgen in der Früh für den Ritt bereit bist", befiehlt Wilhelm-August Barkenstein.

Kapitel 8: **Räubersuche**

„Hier hat uns unsere gute Klementine noch einige Dinge gegen den Hunger unterwegs eingepackt", sagt Anton und gibt von Theile und Walter Hülsbusch jeweils ein dickes Paket mit Lebensmitteln.

„Damit können wir die Diebe ja bis nach Kopenhagen und zurückverfolgen. Meinen besten Dank an die Küche", bedankt sich von Theile.

In aller Frühe stehen Wernher von Theile, Walter Hülsbusch und Anton Barkenstein im Hof des Hauses Barkenstein zusammen und bereiten sich auf den Ritt vor.

„Herr von Theile, denken Sie, dass das Ganze gefährlich werden kann?", fragt etwas unsicher Walter und blickt auf die Waffen des Angesprochenen. „Ich bin vorsichtig. Dieser Hauptmann und seine Gesellen sind nicht sehr zimperlich bei ihrem Umgang mit den Püntenbesatzungen. Sollten wir in eine brenzlige Situation kommen, möchte ich darauf vorbereitet sein", antwortet ihm von Theile und befestigt seine beiden Gewehre am Pferdesattel.

„Walter, wir werden uns nur vorsichtig umhören und nicht die Räuber angreifen. Bleib ganz ruhig. Wir wollen nur wissen wo sie hingeritten sind, um die Behörden informieren zu können", beruhigt Anton. Allerdings hat auch er zwei Pistolen an seinem Sattel befestigt und einen Säbel umgeschnallt.

„Wir werden dann zum Teutoburger Wald reiten und in den Orten herum hören. Es dürfte doch auffallen, wenn eine Gruppe Reiter durch das Dorf kommt. Das müssen wir erfragen", erklärt von Theile den Plan.

„Genau. Reiten wir also erst mal nach Lengerich und fragen uns von dort in Richtung Westen durch. Irgendwo müssen die Räuber vorbei gekommen sein auf dem Weg von der Ems nach Norden", ergänzt Anton.

Die Drei steigen auf ihre Pferde, reiten über den Hof und am Eingang des Barkensteinschen Hauses vorbei zur Marktstraße. Vater Barkenstein und Martina stehen im Hauseingang und schauen den Reitern hinterher.

„Möge Gottes Schutz sie begleiten", sagt Martina zu ihrem Schwiegervater.

„Keine Bange, Anton ist kein Draufgänger, der ist vorsichtig", beruhigt der alte Barkenstein.

Dies hören die Reiter nicht mehr, da sie schon auf der Marktstraße in Richtung Eschstraße und Lengerich unterwegs sind.

„Werter Herr Müller, Gott zum Gruße, vielleicht könnt Ihr uns helfen beim Auffinden einiger Personen", fragt von Theile.

Die drei Reiter stehen vor einer Wassermühle in Ladbergen. Hier erhoffen sie sich erste Informationen über die Räuber.

„Ja, werte Herren, wenn ich Ihnen behilflich sein kann, so lasst es mich hören", entgegnet freundlich der Müller.

„Wir suchen eine Gruppe von Reitern, welche vorletzte Nacht hier vorbei gekommen sein könnten. Besonders der Führer dieser Reiter ist auffällig. Er misst wohl zwei Köpfe mehr als ich und er reitet auf einem tiefschwarzen Pferd", beschreibt von Theile den Räuberhauptmann. Vorletzte Nacht sagt Ihr? Nein, da fällt mir nichts ein. Aber wenn Reiter die Brücke überqueren, dann merke ich das schon. Besonders in der Nacht. Wer reitet dann denn schon hier her? Nee, nichts bemerkt", erwidert der Müller.

„Dann bedanke ich mich für Ihre Hilfe und wünsche einen gottgesegneten Tag", sagt Anton zu dem Mann am Eingang zu seiner Wassermühle. Die Drei reiten jetzt auch über die Brücke und nehmen den Weg in Richtung Lengerich.

„Es wäre auch zu schön gewesen, wenn wir hier eine Spur gefunden hätten. Wir müssen weiter zum Teutoburger Wald. Vielleicht sind sie ja nach Osnabrück geritten?", meint Anton.

„Osnabrück liegt aber sehr weit von der Ems entfernt. Wohl zu weit, um regelmäßig Überfälle auf Schiffe verüben zu können. Da wären Lengerich oder Tecklenburg bessere Orte", erwidert von Theile.

„Aber, werte Herren, ist es denn nicht gefährlich für einen so auffälligen Menschen in einer Stadt zu wohnen und Überfälle zu machen?", fragt Walter, während sie weiter auf Lengerich zu reiten.

„Da ist etwas dran, zumal wenn er mit seinen Gesellen zusammen unterwegs ist. Ein abgelegenes Haus wäre da schon interessanter als Versteck. Aber unser Räuber ist auch ein feiner Herr, zumindest verkleidet er sich so. Es läge also nahe, wenn er in einem der Orte am Teutoburger Wald lebt und seine Gesellen ein leer stehendes Haus übernommen haben und dort hausen", denkt von Theile. „Aber, um dieses feststellen zu können müssen wir in Lengerich nachfragen   und dann weiter in Richtung Tecklenburg reiten", schlägt Anton vor.

Auf der alten Handelsstraße über Osnabrück nach Bremen und zur

Nordsee reiten die Drei auf Lengerich zu. Auf ihrem Ritt überholen sie eine Gruppe von Wagen, die hoch mit Handelswaren beladen sind. Begleitet werde die Wagen von Bewaffneten und Händlern. An einer Wegekreuzung passieren sie einen Gasthof vor dem Kutschen stehen an die Knechte Pferde einschirren und sie für die Weiterfahrt in den Norden oder Süden, Westen oder Osten fertig machen. Langsam kommen sie der Stadt Lengerich näher. Am Stadttor erkundigen sie sich nach den gesuchten Reitern. Von den Wachen erfahren sie allerdings nichts Neues. Das Tor werde zum Sonnenuntergang verschlossen und danach komme niemand mehr hinein, wird ihnen mitgeteilt. Sie reiten in den Ort hinein, steigen im Hof eines Gasthauses ab und lassen die Pferde von einem Knecht versorgen.

„Jetzt etwas herzhaftes Essen und Trinken. Vielleicht kann uns der Wirt mehr sagen zu unseren Räubern", sagt zufrieden Anton.

„In so einem Gasthof kommen Menschen aus vielen Richtungen zusammen und unterhalten sich. Da werden Informationen und Erlebnisse ausgetauscht. Es sollte mich wundern, wenn wir hier nichts erfahren", meint von Theile.

Gemeinsam gehen die Drei ins Gasthaus und bestellen Essen und Getränke. Die Gaststube ist noch von aufbrechenden Reisenden gefüllt. Von diesen rechnet der Wirt die vergangene Nacht ab. Beim Essen verfolgen die Grevener diesen Vorgang und die dabei entstehenden Diskussionen über Zimmerqualität, Nachtruhe und Essen. Ohne große Worte nehmen sie ihr Essen ein und warten darauf, dass der Wirt mehr Ruhe bekommt. Nachdem der letzte Nachtgast bezahlt und seine Sorgen losgeworden ist, wendet sich Anton an den Wirt.

„Sehr geehrter Herr Wirt, Ihr Essen mundete uns sehr gut. Wir können nicht klagen."

„Das ist schön zu hören. Leider gibt es Zeitgenossen, die mit nichts zufrieden zu stellen sind. Kann ich den Herren noch mit etwas dienen?", entgegnet der Wirt.

„Ja, schon, aber nicht mit Essen oder Trinken, sondern mit einer Information", nimmt Anton den Faden auf. Sind hier vor zwei Nächten einige Reiter durch gekommen? Besonders einer, der wohl zwei Köpfe größer als Sie, Herr Wirt, ist?"

„Aber werte Herren, wurde Ihnen nicht am Tor mitgeteilt, dass hier zum Sonnenuntergang die Tore geschlossen werden? In einer Nacht kommt hier keine Maus rein oder raus. Das schützt die Bürger", teilt der Wirt mit.

„Dann müssten die Reiter an der Stadt vorbei geritten sein. Gibt es hier einen Weg um die Stadt?", fragt Anton nach.

„Reiter können doch über das offene Feld, über Wiesen, unsere Stadt umgehen. Aber lassen Sie mich mal überlegen. Da war etwas. Was nur..?", denkt der Wirt laut nach.

„Lassen Sie sich ruhig Zeit, ich versuche nochmals ihren vorzüglich Schinken. Habt Ihr ihn auch versucht, Herr Barkenstein?"

„Ja, er schmeckt wirklich gut. Muss ein besonderes Rezept sein", bestätigt Anton.

„Jawohl, der Schinken, genau, jetzt fällt es mir wieder ein ...!", platzt es aus dem Wirt heraus.

Anton und von Theile schauen den Wirt, den Schinken und wieder den Wirt ungläubig an.

„Der Schinken führt uns auf die Fährte der Reiter?", Anton ist überrascht. „Ja, das war so... , der Wirt ist jetzt in seinem Element.

„Den Schinken, genauer die Schweine, lasse ich mir vom Joseph Pannhoff aus Brochterbeck kommen. Nicht so richtig aus Brochterbeck, mehr nach hier hin wohnt der, Willen heißt das glaube ich. Ich weiß nicht, was der mit seinen Schweinen macht, dass die so gut schmecken. Der muss irgendwas mit dem Füttern machen. Da habe ich mir schon oft den Kopf drüber zerbrochen... ."

„Herr Wirt. Wir finden ihren Schinken hervorragend, aber unsere Frage ...?, unterbricht Anton die Gedanken des Wirt.

„Ach ja, die Reiter. Also, gestern brachte mir der Joseph wieder zwei von seinen Schweinen, prächtige Sauen. Und wie wir hier nach dem Geschäft zusammen sitzen, ja, da berichtet er etwas Komisches. In der Nacht zuvor muss das gewesen sein, da sind an seinem Hof wohl an die zehn Reiter vorbei gekommen. Er ist von dem Getrappel der Pferdehufe aufgewacht", gibt der Wirt seine Erinnerungen wieder.

„Konnte Er denn hören wohin sie geritten sind? Richtung Lengerich oder nach Tecklenburg oder woanders hin?", fragt Anton nach.

„So genau habe ich ihn auch nicht gefragt. Aber nach Lengerich wohl nicht. Fragen Sie ihn doch direkt. Warten Sie mal, ich gebe ihnen die Anschrift und einen Plan, wo sein Hof ist, habe ich hier. Schauen Sie, hier liegt der Hof."

Der Gastwirt legt einen selbstgemalten, groben Plan auf den Tisch und zeigt mit einem dicken Finger auf der Zeichnung umher. Von Theile macht sich Notizen von wichtigen Stellen, Kreuzungen, Gabelungen, Wegekreuzen und anderem.

„Das hat uns ja doch sehr viel weiter gebracht. Vielen Dank Herr Wirt. Und jetzt bitte die Rechnung über unser Essen", beendet Anton das Gespräch.

„Packen Sie mir noch ein großes Stück vom Schinken ein. Auf dem Ritt kann ich davon etwas essen", bittet von Theile den Wirt.

Das Gehöft des Bauern Pannhoff liegt auf einer kleinen Erhebung vor dem Südhang des Teutoburger Waldes. An seinem Hof fließt ein Bach in Richtung Süden und lässt sich durch ein beruhigendes Plätschern vernehmen. Das große Haus ist mit seinem Giebel auf die Bergkette und die davor entlang führende Straße hin ausgerichtet. Einer seiner Verfahren ließ das Gebäude im Jahre 1736 errichten. Dieses Datum ist auf einem der Balken im Hausgiebel eingeritzt. Zwischen dem Haus und dem Hang des Teutoburger Waldes führt die Straße von Lengerich nach Rheine. Als die drei Reiter von dieser Straße auf den Hof einbiegen steht der Bauer in der Tür und schaut ihnen neugierig aber vorsichtig entgegen.

„Sind Sie der ehrenwerte Herr Bauer Pannhoff? Der Bauer mit dem besonders schmackhaften Schinken?", fragt Anton mit betont freundlicher Stimme.

„Wer will denn das wissen?", entgegnet misstrauisch der Bauer.

„Also, ich bin Anton-Konrad Barkenstein aus Greven. Dies ist der Herr von Theile und dort sehen Sie meinen Knecht Walter Hülsbusch", stellt Anton die Reiter vor.

„Wir kommen jetzt aus Lengerich und haben dort ihren besonders schmackhaften Schinken gekostet. Der Herr von Theile hat sich sogar ein Stück für den Ritt mitgeben lassen."

„Ja, dann weiß ich woher die Herren kommen. Ich beliefere nur das eine Gasthaus. Die anderen zahlen mir nicht genug. Aber der Wirt ist in Ordnung. Womit kann ich Euch dienen?"

„Der Wirt sagte uns, dass Sie vor zwei Nächten ungewohnte Geräusche vernommen haben von Reitern. Wir suchen eine Gruppe Reiter, die von der Ems in Richtung Norden unterwegs waren", erklärt Anton den Sachverhalt.

„Das war sehr ungewöhnlich, zu einer solch unchristlichen Zeit durch die Nacht zu reiten. Dort über die Straße sind sie geritten, wohl von Ladbergen oder so gekommen. Müssen um die 10 Reiter gewesen sein", gibt der Bauer teile seines Wissens preis.

„Und in welche Richtung sind sie geritten? Haben Sie da etwas gehört?"

„Ja, das war ganz merkwürdig. Die ritten hier vorbei entlang des Teutoburger Waldes. Wo sich die Straßen kreuzen blieben sie halten und schienen zu überlegen. Dann ritten sie nach Osten, auf Lengerich zu. Kaum hatte ich mich wieder zurückgelegt, da kamen sie schon wieder zurück und hielten wieder an der Kreuzung. Die wussten den Weg nicht so richtig."

„Das hat den Anschein. Somit dürfte niemand aus dieser Gegend bei den Reitern gewesen sein", interpretiert von Theile das gehörte.

„Niemand von hier, so muss es sein. Die redeten wohl wieder einige Zeit und ritten dann nach Westen. Danach habe ich sie nicht mehr gehört. Scheinen den richtigen Weg gefunden zu haben."

„Gibt es denn dort irgendwelche leeren Häuser oder versteckte Ecken im Berg?", fragt von Theile. „Etwas wo sich jemand verstecken kann?"

„Also, das Land wird hier gut genutzt. Ist sehr fruchtbar, gut für alles was man anbauen kann. Da wird nichts brach gelegt."

„Und im Teutoburger Wald? Gibt es da einen Ort?", setzt Anton nach.

„Ja, gut, da gäbe es schon so manches. Da gehen nur wenige hin. Hier ist es doch besser. Aber in den Tälern, da gibt es schon das eine oder andere. Aber, ich weiß da nicht so Bescheid. Ist auch gefährlich. Früher gab es gefährliche Tiere dort. Versuchen Sie es mal am Hang entlang. Aber genaues weiß ich nicht."

„Vielen Dank für Ihre Informationen, Herr Pannhoff, und weiterhin viel Erfolg mit ihren Schweinen", bedankt sich Anton beim Bauer.

„Stimmt, der Schinken ist vorzüglich", erklärt von Theile.

„Besten Dank, werte Herren und viel Erfolg bei der Suche", verabschiedet Bauer Pannhoff die drei Grevener. An der Wegekreuzung biegen sie nach links in Richtung Westen ab.

„Wir müssen uns hier jeden Seitenweg anschauen. Überall kann der Räuberhauptmann mit seinen Helfern im Berg verschwunden sein", erklärt von Theile das Vorgehen.

„Dann wollen wir uns mal auf die Suche machen", erklärt Anton und treibt sein Pferd voran.

Kapitel 9: **Martinas Besuch**

„Ist Sie schon angekommen? Schau doch mal nach Marele", sagt Martina Barkenstein.

„Gnädige Frau. Ich habe die letzte Stunde schon drei Mal nachgeschaut. Da war niemand. Der Butler wird uns sofort informieren, wenn Sie kommt", entgegnet Marele etwas genervt von dem Wunsch ihrer Herrin. Seit dem Frühstück sitzt Martina bei ihr und Antonia-Hermine, zählt die Minuten und schaut regelmäßig aus dem Fenster in den Hof. Sobald auf der Marktstraße eine Kutsche vorbei fährt, horcht sie auf und wird wieder nervöser.

„Warum seit Ihr eigentlich so nervös? Wenn mich eine alte Freundin besuchen würde, wäre ich erfreut, aber doch nicht nervös", wundert sich Marele während sie Antonia-Hermine mit einer sauberen Windel versorgt.

„Marele, das kannst Du nicht verstehen. Bei Dir und Deinen Freundinnen mag das ja stimmen, aber hier geht es um den Besuch von besonderen Menschen, da muss man in einem vornehmen Haus gewisse Regeln beachten und einhalten."

„Oh, so vornehm sind Ihre Freundinnen aus der Schulzeit? Na, da möchte ich aber nichts von den Heimlichkeiten bei den französischen Nonnen wissen. Da wird bestimmt nicht die feine Etikette nach Tisch geherrscht haben."

„Marele, Du warst weder auf einer französischen Lehrschule noch auf einem anderen Lyzeum und kannst Dir deshalb kein Urteil darüber bilden", entgegnet etwas unwirsch Martina.

Sie ist Mareles flottes Mundwerk seit vielen Jahren bekannt und hat es so manches mal auch gut nutzen können, aber jetzt ist es ihr gar nicht recht, wie sie ihre Schulzeit bewertet.

„Da! Ich höre wieder eine Kutsche. Sie wird langsamer! Ja, sie biegt auf den Hof ein. Marele, schnell, schau nach!!" befiehlt Martina.

Marele übergibt Antonia-Hermine an ihre Mutter und bewegt sich mit deutlich missliebigem Gemurmel in den Hof, indem sie durch die Küche den Hintereingang nutzt. Im Hof steht eine Kutsche, deren Pferde von einem Kutscher gerade ausgespannt und versorgt werden. Eine junge Frau in einem dunkelblauen Kleid steht neben der Kutsche und beobachtet das

Geschehen. „Behandle Zepter gut! Das wertvolle Pferd braucht sehr gute Pflege", verlangt gebieterisch die Frau.

„Gnädige Dame! Darf ich Sie zur Hausherrin, Frau Martina Barkenstein, führen?", fragt mit bei ihr seltener Freundlichkeit Marele die Frau.

„Ja, wo ist denn unsere Martina. Kann Sie denn nicht heraus kommen? Ist sie vielleicht krank?", fragt die Frau.

„Die gnädige Frau Barkenstein ist im Salon bei ihrer Tochter. Die kleine Antonia-Hermine muss noch versorgt werden", erklärt Marele.

„Ja, die kleine Antonia, davon hat sie mir geschrieben. Aber jetzt auf, auf, hin zu meiner Martina!", fordert die Frau.

Bevor die Beiden die Haustür erreichen wird diese von Butler Wilhelm geöffnet und offen gehalten. Im Türrahmen steht Martina und schaut gespannt der Ankommenden entgegen.

„Sei gegrüßt, liebe Brunhilde. Ich freue mich sehr Dich wieder zu sehen. Komm herein. Wilhelm, nehmen Sie der Dame die Jacke ab und holen sie gleich das Gepäck", begrüßt Martina ihre Freundin aus Schultagen, Brunhilde Droste zu Fischringen.

„Du hast Dich gar nicht verändert, liebe Martina. Man könnte glauben, Du wärst gerade vom Unterricht bei den Lothringer Schwestern gekommen. Lass Dich umarmen", erwidert Brunhilde die Begrüßung und drückt die Freundin fest an sich.

„So, jetzt lass uns in den Salon gehen. Marele, sag in der Küche Bescheid, Essen und Getränke können gebracht werden. Und bringe Antonia-Hermina in ihr Bettchen."

„Halt, liebe Martina, so geht das aber nicht", meldet sich Brunhilde, „Da komme ich extra aus Münster und dann wird mir der kleine Wonneproppen vorenthalten. Bevor die kleine Hermine ins Bettchen kommt, muss erst mal die liebe Tante Brunhilde einen Blick auf sie werfen."

„Natürlich, Bruni, das sollst Du schon können, ich dachte nur, dass die Kleine zuerst noch etwas Schlaf bekommt. Sie schläft so unruhig in der Nacht, da ist sie immer sehr müde."

„Ach was, 5 Minuten mit der lieben Tante werden doch wohl noch am heutigen Tag dran sitzen?"

Im Salon angekommen, hebt Martina ihre gut eingewickelte Tochter vom Sofa auf und zeigt sie der Freundin.

„Ja, ei, ei, ei. Wulle, wulle wuu. Was bist du doch ein schönes Mädchen. Ja, ja, ja. Ganz schön bist Du. Und Du siehst aus wie Deine Mama!"

Die Droste zu Fischringen findet kein Ende beim Betrachten des kleinen Mädchens. Immer wieder streichelt sie das Gesicht und spielt mit den kleinen Händen. Antonia-Hermine scheint zu wissen, was von ihr erwartet wird. Freundlich lächelt sie die drei Frauen an und gibt zufriedene Geräusche von sich.

Mitten in diese freundlich aufgeregte Runde kommt der Butler und stört die Stimmung indem er mitteilt: „Gnädige Frau, es ist gerade ein weiterer Besuch eingetroffen."

„Oh, das kann nur Theodora sein. Komm mit Bruni, lass uns Sie gemeinsam begrüßen", schlägt Martina spontan vor.

Auf dem Hof hält ein Pferd von dem gerade eine Frau absteigt, als die beiden Freundinnen von der Eingangstür des Barkensteinschen Hauses herüber kommen.

„Jawohl, ich habe mich nicht vertan, Thoedora auf dem Pferd. Liebe Theo, sei gegrüßt und fühle Dich wie Zuhause", ruft Martina der Angekommen entgegen.

„Unsere Theodora war ja schon immer etwas verwegen. Aber sich auf ein Pferd zu setzen und von Münster nach Greven zu reiten, das ist schon etwas. Auch ich grüße Dich", schließt sich Brunhilde an.

„Ganz so wild ist das nun auch wieder nicht. Wenn man sich auskennt, geht das ganz gut. Bei den Wegeverhältnissen ist das Reiten auch angenehmer als in einer Kutsche durchgeschüttelt zu werden", erwidert die Angesprochene.

„Dann kommt bitte ins Haus. Im Salon wird bestimmt schon Essen und Getränke bereit stehen", lädt Martina ihre Freundinnen ins Haus ein.

„Danke, sehr freundlich, aber vorher möchte ich mich etwas frisch machen. Habt Ihr da eine Möglichkeit?"

„Immer noch die Alte. Vor dem großen Auftritt die Fassade richten", kann Brunhilde sich nicht zurück halten.

„Na, na, ein bisschen täte Dir auch gut. Die Kutschfahrt hat auch Deinem Äußeren zugesetzt", erwidert Theodora.

„Jetzt aber keinen Streit. Ihr geht in mein Badezimmer, ich zeige es euch, und danach können wir in Ruhe reden", schlichtet Martina den aufkommenden Streit.

„Das ist dann ja wie bei den Nonnen in Münster", kommentiert Brunhilde Martinas Vorschlag.

„Leider ist Klara nicht dabei", meint Theodora.

„Ja, schade. Aber der Weg von Brüssel ist doch etwas zu weit."

„Brüssel? Seit wann ist sie denn dort? Davon weiß ich ja noch nichts", ruft überrascht Brunhilde auf.

„Alles später beim Essen", kommandiert Martina ihre Freundinnen.

Kapitel 10: **Damenkränzchen**

„Der Kuchen schmeckt aber besonders gut. Das Rezept könnte ich gut gebrauchen", kommentiert Theodora Zumnorde die Backkünste von Köchin Klementine.

„Das wird Klementine, unsere Köchin, freuen. Es macht sie immer besonders Stolz wenn Gäste mit solchem Lob ihre Arbeit preisen. Ich werde sie um das Rezept nachfragen", erwidert Martina den Wunsch der Freundin.

Die drei Frauen sitzen im Salon um den Tisch, genießen Kuchen und Getränke, selbst der von den Franzosen verbotene Kaffee ist da, und sprechen über vergangene Zeiten, alte Bekannte und die Zukunft.

„Schön und gut, dieser Kuchen. Aber wichtiger für mich wäre zu wissen, wie es denn der vierten im Bunde geht. Wie war das, unsere Klara ist in Brüssel, habe ich das eben richtig verstanden?", nimmt Brunhilde den Gesprächsfaden wieder auf.

„Das wusstest Du noch nicht? Merkwürdig, hat Dir das denn niemand berichtet? Ja, unsere Niederländerin hat es weit weg verschlagen. Nach Brüssel hat sie geheiratet", erklärt Theodora.

„Schön und gut, aber warum nach Brüssel und wer ist der Mann? Hat Sie eine gute Partie gemacht? Erzähl schon Thea!", drängt Brunhilde.

„Als sie von unseren Lothringischen Fräulein wegging, dachten wir doch, dass sie demnächst irgendeinen holländischen Käsehändler heiraten würde.

Davon hat sie doch immer gesprochen, damals im Internat. Und dann ist es ganz anders gekommen", erzählt etwas geheimnisvoll Theodora.

„Spann sie doch nicht so auf die Folter, Thea, unsere Bruni platzt doch bald, was sich für eine vornehme junge Damen nicht schickt", drängt Martina.

„Ich und platzen, höchsten von dem guten Kuchen, aber nicht von den geheimnisvollen Geschichten der Thea", reagiert die Angesprochene.

„Gut, dann weiter. Sie kam zurück nach Enschede und sollte dort wohl auch mit dem Sohn eines anderen Kaufmanns verheiratet werden. Zufällig war aber bei diesem Kaufmann ein Bankier aus Brüssel mit seinem Sohn. Hals über Kopf verliebte sie sich in diesen und ließ ihn nicht mehr los."

„Das kann ich mir gut denken, wenn ich mich an unsere Klara erinnere.

Was die wollte, da gab es dann nicht viel um sie noch umzustimmen. Aber erzähl weiter, ein Bankersohn aus Brüssel... „", erinnert sich Brunhilde.

„Was soll ich groß noch sagen? Der Sohn scheint auch seinen Gefallen an ihr gefunden zu haben, zumindest hat sie ihn schön für sich eingenommen. Ihren Eltern war das auch ganz recht. Einen Bankier in der Familie gibt Sicherheit. Als der Bankier zurück nach Brüssel fuhr, war sie schon mit dem Sohn verlobt. Ein halbes Jahr später wurde dann in Brüssel geheiratet. In einem der Zunfthäuser am Großen Platz. Sie hatte mich zu ihrer Hochzeit eingeladen aber leider konnte ich nicht hinfahren. Schade, das wäre etwas gewesen, so eine Hochzeit zu sehen", berichtet Theodora ihren Freundinnen.

„Oh, ja. Eine Hochzeit in Brüssel. Brüssel ist eine große, reiche und schöne Stadt. Das wäre schon etwas mehr als in Münster", schwärmt Brunhilde. „Wie heißt sie denn jetzt? Wie groß ist diese Bank, die ihrem Schwiegervater gehört?", fragt Martina.

„Ihr Name ist jetzt Leclaire. Die Bank ist die Grote Bank van Flandern in Brüssel. Wie sie mir geschrieben hat, ist die Bank auch in Antwerpen und Amsterdam vertreten. Einen Gewährsmann besitzt sie sogar in Münster. Der arbeitet beim Bankhaus Lange am Prinzipalmarkt."

„Ja, und weiter? Gibt es nichts Weiteres zu erzählen? Komm schon, lass Dir nicht alles aus der Nase ziehen", drängt Brunhilde.

„Sie hat jetzt ein Kind. Jean-Luc, ein Junge. Ein Sommerhaus haben sie auch, außerhalb der Stadt Brüssel", informiert Theodora ihre Freundinnen weiter.

„Sie hat es schön getroffen. Aber uns geht es doch auch gut. Du hast es mit Deinem Mann, dem Anton-Konrad, doch auch nicht schlecht. Wie wir ja wissen, war es ein richtiges Abenteuer bis ihr Euch hattet", gibt sich Brunhilde zufrieden.

„Erinnere mich nicht daran. Manchmal bekomme ich noch weiche Knie, wenn ich an den Abend im Lagerhaus denke. Aber ansonsten danke ich meinem Herrgott für meine Familie und die Kinder. Auch wenn die liebe Antonia-Hermine eine kleine Nervensäge ist. Sie schläft nicht immer die Nacht durch und weckt dann besonders meinen Mann auf. Sehr komische Ergebnisse hat es deswegen schon gegeben. Da findet ihn dann Marele am Morgen schlafend mit der Antonia im Arm neben dem Bettchen vor", erzählt Martina.

„Besser den Mann mal irgendwo schlafend finden, als ihn wochenlang nicht sehen. Wo ist er denn jetzt überhaupt? Hat er reiß aus genommen, als er hörte, dass wir kommen würden?", bohrt Brunhilde weiter.

„Nein, Ihr könnt es ja auch nicht wissen. Er sucht mit einem Freund zusammen nach einer Spur der Püntenräuber. Auch uns wurde gestern eine Pünte überfallen. Dank Gottes Beistand ist niemand von der Püntenmannschaft zu Schaden gekommen. Seit mehreren Wochen überfällt eine Bande die Pünten. Für das Geschäft und das Dorf ist diese Entwicklung sehr schlecht. Deshalb wurde gestern mit den anderen Kaufleuten aus Greven beraten, was jetzt geschehen soll", informiert Martina ihre Freundinnen.

„Von einem Überfall auf eine Pünte sprach mein Mann vor einigen Tagen. Im Schloss ist man besorgt darüber. Aber sie wissen auch nicht was man machen soll. Die Grenze zum Fürstentum ist lang und es sind zu wenig Soldaten da, um sie zu schützen. Für die Räuber ist es deshalb ein leichtes Spiel", sagt Theodora.

„Dein Mann ist doch beim Militär in Münster. Dann seht ihr euch ja regelmäßig. Da hast Du ja richtig Glück gehabt, wo doch fast jährlich irgendwelche Kriege gegen die Franzosen stattfinden. Hast Du Dir das überlegt, als du Deinen Georg geheiratet hast?", kommentiert Brunhilde.

„Irgendwie hatte ich gehofft, dass diese Kriege ein Ende haben würden. Die Funktion, die er jetzt in Münster bei der militärischen Verwaltung des Fürstentums Münster hat, ist angenehmen für uns. Aber, so sagt er regelmäßig, Preußen und Franzosen geraten immer wieder aneinander. Das beunruhigt mich schon sehr. Doch auch bei dieser Arbeit kann er verwundet werden, wenn er die Räuber verfolgen oder Schleichhändler festnehmen soll. Das ist nun mal so, die Männer machen ihre Kriege und wir können sie anschließend zusammen flicken", sagt Theodora etwas resignierend ihre Meinung.

„Ist er denn heute in Münster?", fragt Martina.

„Nein, er musste mit dem General zusammen nach Berlin. Es geht wohl um die Aushebung neuer Soldaten und die Kosten für Einquartierungen", informiert Theodora.

„Was machst Du denn in der ganzen Zeit in der Dein Mann nicht da ist? Wird Dir denn nicht langweilig?", fragt interessiert Martina.

„Langweilig? Nein! Ich lese viel. Das macht mir Spaß und es bildet auch.

Oh, ja, das wäre jetzt genau das Richtige. Mal schauen ob ihr davon etwas kennt. Ich habe vor kurzem ein Büchlein erstanden von einer mir völlig unbekannten Frau.

Aber die Gedichte und kleinen Geschichten sind sehr schön", wechselt Theodora das Thema.

„Was, ein ganz neues Buch? Das muss ich sehen. Reich es doch mal herüber. Ah, ja, davon habe ich schon gehört. Lass mal schauen", Martina besieht sich das Büchlein von allen Seiten an. Auch Brunhilde wirft einen neugierigen Blick auf das Titelbild.

„Ich lese mal ein Gedicht daraus vor", schlägt Martina vor.

Bei diesen Worten blättert sie die Seiten durch und liest die Überschriften. „Das hört sich gut an, ein Gedicht ....", Martina zitiert das Gedicht, die Freundinnen hören gespannt zu.

Danach verlangen sie noch ein weiteres Werk aus ihrem Munde zu hören. Auch diesen Wunsch erfüllt Martina. Erst nach dem dritten Gedicht legt sie das Büchlein aus der Hand.

„Das sind schöne Gedichte", meint Theodora. „Mir haben sie sehr gut gefallen. Deshalb habe ich das Büchlein auch mitgebracht."

„Stimmt, sehr schöne Gedichte. Das war ganz richtig von Dir uns dieses Werk zu zeigen. Aber die Frau die sie geschrieben hat kenne ich nicht. Annette von Droste-Hülshoff, der Name sagt mir nichts", erklärt Brunhilde.

„Wo soll denn hier noch etwas sein? Der Weg ist doch hier zu Ende", Walter Hülsbusch macht aus seiner Unlust keinen Hehl.

Die drei Reiter aus Greven sind schon seit längerer Zeit am Nordhang des Teutoburger Waldes unterwegs. Sie suchen einen Weg oder den Hinweis auf einen Pfad den die Räuber für ihre Flucht nehmen konnten. Sie suchen am Berghang nach Zeichen für einen möglichen Unterschlupf der Räuber.

„Wenn die Informationen richtig sind, die uns die Menschen gegeben haben, dann müsste hier irgendwo etwas sein. Die Richtung stimmt", analysiert von Theile die erhaltenen Angaben.

Irgendwo hinter Brochterbeck soll es sein, so die ungenaue Information des Bauern Pannhoff. Aber trotz genauen Beobachtens ist hier nichts zu finden.

„Vielleicht sollten wir höher am Hang reiten? Es könnte ja sein, dass diese Räuber ihren Weg versteckt haben. In halber Höhe, zwischen den Sträuchern, ginge es doch auch zu reiten", schlägt Anton Barkenstein vor.

„Wartet doch mal ab. Seht, dort hinten, scheint ein Einschnitt, ein dichteres Unterholz oder so etwas im Hang zu sein!", ruft von Theile den anderen zu und gibt seinem Pferd die Sporen.

Nach 100 Metern stehe die Drei vor einem kleinen Einschnitt in den Südhang. Dieser scheint nach kurzer Strecke in einem Steinbruch zu enden. Vor dem dichten Bewuchs aus Sträuchern, kleinen Bäumen und Ranken steht ein alter verwitterter Bildstock. Die Schrift auf dem Sandstein ist nicht mehr lesbar bis auf das Wort „Beelzebub". Das Bild reicht aus um jedem Vorbeikommenden das Blut in den Adern gefrieren zu lassen. Eine Bestie mit Löwenpranken, Drachenschwanz und riesigem Maul fällt einen Menschen an. „Ah, das ist aber gruselig. Was soll das denn sein?", Walter ist regelrecht erschrocken von dem Bild.

„Wie es scheint, ist hier wohl vor vielen Jahren ein Mensch von einem Tier getötet worden. Ich schätze, es dürfte einer der letzten Wölfe gewesen sein. Sieht jemand ein Datum. Den Text kann man nicht mehr lesen", erklärt von Theile seine Vermutung zum Bildstock.

„Hier unten steht ein Datum in römischen Zeichen. Wenn das stimmt, dann müsste der Stein von 1632 sein", gibt Anton seine Entdeckung preis.

„Schön, mitten im 30-Jährigen Krieg. Das Land ist durch den langen Krieg entvölkert, Wildtiere durchstreifen den Wald und suchen nach Beute. Das passt", erklärt von Theile.

„Aber das ist doch kein einfacher Wolf, das ist doch des Teufels Bestie. Das muss etwas viel schlimmeres gewesen sein", kann sich Walter nicht beruhigen.

„Guter Herr Walter, keine Panik! Seht, am Anfang war wohl der Angriff eines hungernden Wolf, der Volksmund und lange Abende am Herdfeuer haben daraus eine schöne gruselige Geschichte gemacht. Vielleicht hat auch ein Pfarrer die Geschichte aufgeschnappt und für seine Interessen genutzt. Einen solchen Bildstock setzt niemand für einen armen Wanderer", vermutet von Theile.

„Reiten wir doch mal in den Einschnitt hinein und schauen uns um", schlägt Anton vor.

Durch die Hecke aus Sträuchern, Bäumen und Ranken reitet die Gruppe in den Einschnitt hinein. Sofort nach dem Durchqueren der Sträucher sagt von Theile.

„Stopp. Haltet mal. Ich sehe hier etwas."

von Theile steigt ab und schaut gebeugt auf den Boden.

„Sehen Sie, hier wurde mit irgendetwas auf dem Boden herum gewedelt. So als wollte jemand Spuren verwischen. Er traute wohl dem abschreckenden Bildstock nicht", erklärt von Theile.

Anton und Walter schauen von ihren Pferden zu von Theile hinunter und lassen sich das Erkannte erklären.

„Wir sollten von jetzt an vorsichtig weiter gehen. Irgendetwas wird uns erwarten", meint Anton.

Von Theile geht voran und zieht sein Pferd hinter sich mit. Der Einschnitt macht eine scharfe Linkskurve, die von Außen nicht zu erkennen ist und führt als schmaler Pfad zwischen einer Felswand und dem Berghang weiter. Nach einigen Metern weitet sich der Weg wieder und öffnet sich in ein kleines lang gezogenes Tal. An zwei Bäumen zu beiden Seiten des Weges hängen die Schädel von Pferden.

„So, so. Der Bildstock scheint den Herren dieses Tals nicht genug gewesen zu sein. Jetzt muss noch heidnischer Hokus-Pokus herhalten, um ein Betreten zu verhindern", meint von Theile.

„Und was sollen uns die Köpfe sagen", fragt Anton mit zweifelndem Blick.

„Ach was, wir sollten uns nicht davon in Angst und Schrecken versetzen lassen. Walter, keine Angst! Ich bin auch noch da und meine kleinen Freunde", beruhigt von Theile seine Begleiter und weist auf seine beiden Pistolen von denen er jetzt eine in die Hand nimmt.

„Das ist hier ja wie ein kleines Paradies!", sagt Anton überrascht, nachdem er den Blick von den Pferdeschädeln gewendet und sich das Tal angeschaut hat.

„Stimmt, nur dass hier ein Teufel lebt", antwortet von Theile.

Langsam gehen sie in das Tal hinein. Es zieht sich von Westen noch Osten parallel zum Hang des Teutoburger Waldes. Von einer landwirtschaftlichen Nutzung ist nichts zu sehen. Zwischen Sträuchern und kleinen Bäumen führt ein kaum erkennbarer Pfad nach Osten durch das Tal.

„Walter, sie bleiben besser mit den Pferden hier am Ausgang. Anton und ich folgen dem Weg und werden schauen, welche Überraschungen wir vorfinden", erklärt von Theile.

Walter nimmt die beiden Pferde und bindet sie zusammen mit seinem an einem der Bäume fest. Anton und von Theile folgen dem Weg zwischen den Büschen. Kaum kann jeder den anderen zwischen den Büschen, Sträuchern und Bäumen erkennen. Nachdem er eine dichte Hecke durchschritten hat, bleibt von Theile wie angewurzelt stehen.

Anton läuft voll auf von Teile auf. „Hallo, was soll ... ?", und wird sofort durch ein leises, scharfes „Ruhe!" zum Schweigen gebracht.

Dann kann er auch sehen, was von Theile zum plötzlichen Halt veranlasste. Vor ihnen tut sich ein kleiner Garten auf. Wenig gepflegt, jedoch für die Versorgung einer Familie ausreichend. Hinter dem Garten steht ein kleines Wohnhaus vor dem östlichen Talende.

„Zurück, wir müssen uns beraten", kommandiert von Theile.

Zusammen mit Anton geht er die Hecke bis zum nördlichen Ende entlang. Von dort betrachten sie erneut das Haus und den Garten.

„Es sieht alles ganz ruhig und verlassen aus", gibt Anton seinen Eindruck wieder.

„Zu ruhig für meinen Geschmack. Vielleicht sind wir schon entdeckt worden. Wir sollten vorsichtig zwischen den Büschen näher heran gehen", schlägt von Theile vor.

Von Strauch zu Strauch schleichen sie langsam auf einen Schuppen neben dem Haus zu. Auch von dort ist wenig zu erkennen. Sie können nicht in das Haus hinein sehen.

„Wenn wir jetzt zum Haus gehen, sind wir in der Gefahr direkt und auf kurze Distanz beschossen zu werden", warnt von Theile.

„Was sollen wir denn machen? Es wird auch bald dunkel und wir müssen uns auf den Rückweg machen", bemerkt Anton.

Das weitere Nachdenken wird den beiden Kundschaftern abgenommen. Hinter dem Haus wiehert ein Pferd laut auf, so als sei es erschreckt vom plötzlichen Einsatz. Im Galopp schießt ein Reiter um die Hausecke und reitet direkt durch den Garten auf den Pfad in der Hecke zu. Jeder der sich ihm in den Weg stellen würde wäre des Todes, da er einen Säbel in der rechten Hand hält. Anton und von Theile schauen sehr verdutzt dem Reiter hinterher.

„Der muss den Weg genau kennen, ansonsten würde er nicht zu schnell auf die Hecke zureiten", kommentiert Anton die Flucht.

Dieser ist schon durch die dichte Hecke und auf dem Weg zum Talausgang.

„So, das war der Beweis. Wir haben unserem edlen Handelsherrn gewaltig seine Planungen durcheinander gebracht", kommentiert von Theile das Erlebte.

„Wir können uns im Haus mal umschauen, ob wir etwas finden über die Bande und unseren Hauptmann", schlägt Anton vor und geht vorsichtig auf die Tür zu.

Der Gang durch das Haus bringt keine neuen Erkenntnisse. Verdächtige Papiere liegen als Asche im Herdfeuer oder sind vom Hauptmann mitgenommen worden.

„Das war ja ein Teufelsreiter, wie der da aus dem Tal heraus kam", Walter kann seine Bewunderung über die Reitkünste des Räubers nicht verbergen. Während Anton und von Theile das Haus durchsuchen, bringt Walter die Pferde durch das Tal zum Haus.

„Wir können uns jetzt in Ruhe auf den Heimweg machen. Eine Verfolgung brauchen wir nicht anzugehen. Dieses Versteck ist verbrannt. Wir werden es den Preußen mitteilen. Last uns jetzt reiten", gibt von Theile nach einer halben Stunde das Signal zum Aufbruch. Spät in der Nacht kommen die Reiter nach Greven zurück.

Kapitel 12: **Nachricht aus Enschede**

„Wilhelm-August, mein Bruder sendet mir hier eine interessante Information."

Ohne anzuklopfen kommt die Kaufmannsgattin in das Arbeitszimmer ihres Mannes.

„Oh, liebe Hermine, ich bin hier aber in wichtigen Geschäften eingebunden. Das dauert nicht mehr lange, aber ich möchte sie erst zu einem Ende bringen", zeigt Barkenstein seine Unzufriedenheit mit der Störung. Am Vormittag ist seine kreativste und produktivste Arbeitsphase des Tages. Diese möchte er so weit wie möglich nutzen. Erst am Nachmittag, wenn seine Arbeitskraft durch Müdigkeit beeinträchtigt wird, ist er zu einer Entspannung bereit. Deshalb stimmte er schon vor Jahren zu, in dieser Zeit eine ruhige Stunde mit seiner Frau im Salon zu begehen. Dort, so seine Meinung, sei genügend Zeit um über familiäre und andere Dinge zu sprechen. Deshalb kommt ihm diese Unterbrechung seiner Arbeit gar nicht gelegen.

Seine Frau lässt aber nicht nach. „Ja, ich weiß schon, aber bei diesem Schreiben handelt es sich um einen Hinweis auf die Püntenräuber. Das wird doch wohl auf Dein Interesse stoßen?"

„Was ist das? Die Püntenräuber und Dein Bruder?", Wilhelm-August ist mehr als überrascht. Er springt auf, kommt um seinen Schreibtisch herum und lässt sich den Brief geben.

„Tatsächlich, das könnte es sein...!", denkt Barkenstein laut beim Lesen der Zeilen nach. Er muss etwas nachdenken, denn das Niederländisch ist beim Lesen etwas umständlich.

„Das ist ja eine Überraschung. Diese elenden Schurken sind ja ganz schön intelligent. In Enschede ihre Beute zu verkaufen, darauf muss man erst mal kommen."

„Mein Bruder war nicht minder überrascht, als er das sah", meint Hermine. „Wo ist Anton? Wo steckt denn der Junge schon wieder?", fragt sich Barkenstein laut auf dem Weg zur Tür.

In den Flurbereich ruft er lauf: „Anton! Komm sofort in mein Arbeitszimmer." Das ist nicht seine Art den Sohn zu sich zu bestellen. Üblich ist es den Sohn durch einen Angestellten zu benachrichtigen. Diese ungewohnte Aufforderung zeigt deshalb auch eine sofortige Wirkung. Umgehend rappelt und kracht die Küchentür und Anton kommt im Laufschritt heran. Mit einem großen Fragezeichen im Gesicht betritt er das Arbeitszimmer. „Komm, schau Dir das mal an. Jan Baltmans schreibt uns aus Enschede. Und was er schreibt ist noch besser als wir es uns vorstellen können. Da, lies es selbst!"

Anton setzt sich in einen der Sessel. Bei ihm klappt das Lesen besser, da er schon mehrmals bei seinem Onkel im niederländischen Enschede weilte. „Wirklich sehr gut. Unser Suchen war nicht annähernd so erfolgreich wie diese Information. Mutter, da machen sich weite familiäre Bande bezahlt", gibt Anton seiner Zufriedenheit Ausdruck.

„Ja, das stimmt sogar sehr. Dieser Räuberhauptmann hat sich mit den wertvollsten Raubgütern nach Enschede aufgemacht und sie dort Händlern angeboten. Nicht schlecht!", resümiert Wilhelm-August Barkenstein.

„Er überquert irgendwie mehrere Grenzen und bietet das geraubte Zeug in der Batavischen Republik, den Niederlanden, an. Und er wäre niemals entdeckt worden, wäre da nicht unser Geschäftspartner Martens. Der Mann ist bares Geld wert", ergänzt Anton.

„Stimmt, Martens weiß, dass wir hier jede Lieferung genau kontrollieren, bevor sie weiter verkauft wird. Uns wäre der Zettel bestimmt aufgefallen. Aber diese Räuber in ihrer Eile haben ihn nicht gefunden."

„Genau, und deshalb hat mein Bruder beim Anschauen der Seidenstoffballen den Hinweis auf Martens und uns als Empfänger gefunden", rundet Hermine Barkenstein der Gedankengang ab.

„Gib doch mal die beiden Zettel her. Ja, hier ist es zu lesen: „Abgesendet in Emden im Jahre des Herrn 1806, den 15. Juni, anzuliefern bei Kaufmann Wilhelm-August Barkenstein zu Greven an der Ems." „Damit kann jeder der es liest etwas anfangen. Dieser Ballen Seidenstoff aus China war auf unserer Pünte bei dem Überfall. Bei der Kontrolle der Waren fehlte er. Nur die Räuber konnten ihn haben!", fährt der alte Barkenstein fort.

„Was schreibt er hier über den Kaufmann der den Stoff verkaufte? Ein baumlanger Mann, schwarzes Haar, sehr gut gepflegt und bestens gekleidet. Der weiß sich zu verkleiden. Der Name den er genommen hat, ist nicht wichtig. Wichtiger ist der zweite Zettel, die Quittung für den Verkauf. Bestens, auch seine Schrift haben wir jetzt", meint Anton.

„Das erinnert zwar an die Geschichte mit dem preußischen Offizier. Nur diesmal wird man diesen Herrn und seine „Geschäftspartner" nicht mit Papieren überzeugen können ihr Handwerk zu ändern. Da müssen handfestere Argumente genommen werden", macht Wilhelm-August seine Befürchtung deutlich.

„Seien wird deshalb in dieser Angelegenheit vorsichtig. Können wir nicht den Herrn General Blücher einschalten? Der hat doch Militär", schlägt Mutter Barkenstein vor.

„Ich will die Sachlage mit Herrn von Theile, Karl und Willi besprechen", merkt Anton an.

„Seit aber vorsichtig. Das kann böse enden", warnt Hermine Barkenstein ihre Männer.

„Erst einmal werde ich Jan schreiben und ihn bitten die Augen und Ohren offen zu halten. Das hat für die Räuber gut geklappt, sie werden es wieder versuchen", ist sich Barkenstein Senior sicher.

„Und eins sollen wir nicht vergessen, dieser Geschäftsmann mit seinen dunklen Quellen wird unseren Jan von seinem nächsten Besuch in Enschede informieren. Das ist sein erster Fehler gewesen!"

„Gebe dem Herrn Baltmans eine Geldzuweisung für einen schnellen Botenreiter damit wir von diesem nächsten Besuch schnell Bescheid bekommen", schlägt Hermine vor.

Kapitel 13: **Ritt auf Enschede**

„Hallo, hier ist der Papa", Anton winkt dem Wollknäuel mit seiner Tochter darin entgegen.

Marele ist mit Antonia-Hermine aus dem Haus gekommen, da es warm ist und die Kleine etwas sehen soll. Wenn sie richtig müde sein würde, könnte sie besser schlafen und ließe die Eltern in der Nacht in Ruhe, so die Hoffnung. Besonders Anton unterstützt diese Versuche, seine Tochter zu einem anderen Schlafverhalten zu erziehen. Von den Aktionen ihres Vaters nach etwas Aufmerksamkeit für ihn nimmt die junge Dame wenig Notiz. Sie hat mit viel Interesse ihre Augen auf die Pferde gerichtet, die Walter mit verschiedenen Hilfsmitteln gerade pflegt. Während auf diese Weise das Familienleben im Hof weiter geht, kommt auf der Marktstraße ein Kurier geritten und biegt durch das Tor zum Haus Barkenstein ab. Da er die Menschen im Hof sieht, geht er auf diese zu und fragt nach dem Hausherrn. Anton stellt sich als Sohn des Hausherrn vor und fragt nach dem Wunsch des Reiters.

„Dieses Schreiben soll ich an den Herrn Wilhelm-August Barkenstein persönlich übergeben", erklärt der Reiter.

„Dann kommen Sie mit mir, mein Vater ist in seinem Arbeitszimmer", antwortet Anton und geht mit dem Reiter ins Haus.

Im Arbeitszimmer überreicht der Reiter den Brief an den alten Barkenstein.

„Das hätte ich nicht gedacht, das ist ja ziemlich kaltschnäuzig, aber er weiß auch nicht, was wir wissen", sagt Barkenstein senior beim Lesen seinem Sohn.

„Hier, lies selber, der Püntenräuber kommt schon morgen nach Enschede mit meinen Waren. Jan Baltmans hat Wort gehalten und uns sofort informiert."

„Und was sollen wir jetzt machen?", fragt Anton seinen Vater.

„Sohn, da gibt es nur eins, in den Niederlanden können wir diesen feinen Herrn nicht verklagen oder sonst wie belangen. Du wirst aber trotzdem nach Enschede reiten und an dem Gespräch mit diesem Räuber teilnehmen. Lass Dir einen schönen Namen einfallen und spiele einen Geschäftspartner von meinem Schwager. Ich habe mir das seit dem letzten Schreiben aus Enschede so überlegt. Wir brauchen hier in Greven jemanden, der diesen Räuber wirklich von nahem gesehen hat und ihn beschreiben und erkennen kann", erklärt Wilhelm-August seinem Sohn seine Überlegungen. „Dann muss ich aber spätesten morgen in aller Frühe mich auf den Weg machen. Besser wäre es noch heute los zu reiten. Aber in der Nacht, bei der Dunkelheit, ist das gefährlich. Nachher werde ich von einem Grenzer noch mit einem Feind oder Schleichhändler verwechselt und erschossen", durchdenkt Anton die Möglichkeiten und Gefahren.

„Also reitest Du morgen bei Sonnenaufgang los", bestimmt sein Vater.

„Hier habe ich noch ein Schreiben mit den Unterschriften der Ortsvorstandsmitglieder und einem Siegel. Ich hoffe, dass Dir das an den Grenzen etwas hilft. Deinen Ausweis hast Du eingesteckt?", Wilhelm-August Barkenstein ist trotz der frühen Stunde aufgestanden um seinem Sohn ein gutes Gelingen seiner Reise nach Enschede zu wünschen.

„Danke Vater, jedes offizielle Dokument kann dafür sorgen, dass die Grenzkontrollen sich beschleunigen", antwortet Anton.

Am Abend hatte er von Köchin Klementine schon ein Paket mit Lebensmitteln für den Ritt erhalten. Da er für wichtige Aufträge vorgesehen ist, kann Walter Hülsbusch nicht seinen alten Spielkameraden und heutigen Dienstherren auf dieser Reise über mehrere Grenzen begleiten. Nachdem alles am Pferd verstaut ist sitzt Anton auf und reitet vom Hof in Richtung Ems, zur Zollstation des neuen Großherzogtums Berg. Trotz der frühen Stunde trifft er einen verschlafenen Gilbert Baumgartner am Zollhaus vor.

„Bounjoure, Monsieur Barkenstein, wohin des Weges zu dieser frühen Stunde?", fragt der Offizier Anton.

„Ich bin auf dem Weg nach Enschede, zu meinem Onkel Jan Baltmans, der dort ein Handelsgeschäft besitzt."

„Da tun Sie richtig, wenn der Herr sich früh auf den Weg macht. An den Grenzen auf dem Weg kann es länger dauern, wenn er auf den falschen Grenzer trifft. Ich gehen davon aus, dass Er keine Konterbande im Gepäck hat."

„Herr Baumgartner, der Grund meines Besuches hat mit dem Gespräch über die Püntenräuber zu tun, welches ich vor einiger Zeit mit Ihnen führte. Ich hoffe auf ein Treffen mit diesem ominösen Hauptmann dieser Truppe von Strauchdieben", erklärt Anton dem Offizier den Grund für seinen Ritt. „Das ist eine wirklich interessante Nachricht. Dann lassen sie ihn am besten sofort festnehmen."

„Das wird wohl nicht gehen. In der Batavischen Republik, den Niederlanden, liegt doch kein Vergehen gegen diesen Mann vor, ich weiß zumindest nichts davon. Da wird sich nicht viel machen lassen. Ich möchte ihn mal kennen lernen und sehen was für ein Mensch er ist. Das wäre wichtig, falls er sich hier im Land wieder sehen lässt."

„Dann gute Reise und viel Erfolg in Enschede", wünscht Baumgartner und lässt den Reiter die Grenze passieren.

Die erste Strecke bis zur westlichen Abbruchkante des flachen Flusstals der Ems ist der Weg etwas gepflegt. Für diesen passablen Zustand sorgt der Überwasserbauer. Durch seine Knechte und Lohnbauern lässt er regelmäßig die Fahrbahn herrichten. Für ihn ist dieses Stück der Wegeverbindung in Richtung Altenberge und Nordwalde Teil der Zufahrt von seinem Hof nach Greven und zu seinen Feldern oberhalb der Emstalkante. Sobald Anton diese kurze Wegstrecke hinter sich gelassen hat, sieht er die Mängel in der Wegeerhaltung der Herrscher im Fürstentum Rheina- Wolbeck. Schon zu Zeiten des Fürstbischof in Münster war nur wenig für den Unterhalt der Verbindungen zwischen den Orten getan worden. Wie es den Anschein hat, hatten die Herrscher im Schloss zu Rheine mehr den eigenen Hofstaat und dessen Finanzierung im Kopf, als den Zustand der Wege in ihrem Herrschaftsbereich. Einzig die Zölle und Abgaben interessierten wohl den Fürsten und seinen Schatzbeamten in Rheine. Für Reisende in Kutschen ist es eine ziemliche Strapaze sich auf dieser Straße, die aus einer Aneinanderreihung von Schlaglöchern besteht, zu bewegen. Sowohl im Bereich des Weges als auch über die angrenzende Fläche kann Anton die Spuren von Kutschen erkennen. Beim Umfahren der Vertiefungen auf der Fläche beachten die Kutscher wenig die Nutzung derselben, sondern fahren dabei alles nieder was angepflanzt ist. Auf seinem Pferd sitzend weicht er diesen Gefahrenpunkten sicher aus und kommt damit zügig voran. Er will aber sein Pferd nicht zu sehr antreiben, da die Strecke nach Enschede weit ist und er es nicht frühzeitig erschöpfen möchte. Für seinen Ritt hat er sich am Abend mit seinem Vater zusammen einen indirekten Weg ausgesucht. Auf dem direkten Weg müsste er über die Grafschaft Steinfurt reiten. Die Stadt und die Grafschaft sind protestantisches Ausland. Diese Reisestrecke würde zwei zusätzliche Grenzkontrollen, bei der Einreise und bei der Ausreise, bedeuten. An einem Abzweig auf dem Weg nach Nordwalde biegt er nach Südwesten in Richtung Altenberge ab.

Vorbei an Tagelöhner- und Kötterhöfen, sowie auch an einzelnen größeren Höfen, kommt er langsam dem Dorf näher. Altenberge liegt auf einer Anhöhe und bietet schon vor ferne dem Reiter einen schönen Anblick. Der Reisende, besonders wenn er mit seiner Kutsche unterwegs ist, muss zum Erreichen der Siedlung einen steilen Anstieg überwinden. Anton steigt deshalb von seinem Pferd ab und geht mit ihm am Zügel parallel zur eigentlichen Fahrspur über einen Grünstreifen den Abhang hinauf. Oben, an den ersten Häusern angekommen, lässt er das Pferd bei einer Schänke Wasser trinken, damit es für den weiteren Ritt gestärkt ist. Derselbe führt ihn durch den Ort, an der Kirche vorbei und sanft von der Anhöhe herunter, zwischen Feldern, Äckern und Bachläufen auf das Dorf Laer zu. Kurz vor dem Ort trifft er auf eine Handelsstraße von Münster in die Niederlande, den Deventer Hellweg. Im Dorf Lear rastet er an der Kirche und versorgt sein Pferd und anschließend sich selbst mit Essen aus den mitgenommenen Rationen. Er ist mit seinem bisherigen Ritt zufrieden. Sofern keine großen Komplikationen auftreten kann er Enschede am frühen Nachmittag erreichen. Nach der Rast ist das Pferd ausgeruhter und nimmt den flachen Weg über den Deventer Hellweg auf Horstmar sehr gut. Er ist sich aber auch im klarem, dass direkt hinter dem Dorf mit seiner festen Mauer ein weiteres Hindernis sich auftürmt, der Berg von Schöppingen. Über Feldwege und Äcker umrundet er Horstmar und erreicht wieder den Hellweg, der hier über den Schapesberg auf Schöppingen zu führt. Am Fuße des Berges steigt er vom Pferd und nimmt es beim Zügel.

„Na, junger Mann, wohin des Weg´s?", fragt ihn einer der Pferdeverleiher. Mit ihren Pferden wartet die Gruppe auf Kutscher, welche Pferde für den Anstieg auf den Berg anmieten.

„Gott zum Gruße, werter Herr, mein Weg führt mich auf Enschede", antwortet freimütig Anton.

„Da habt Ihr aber noch ein Stückchen Weg vor Euch. Grad wie der feine Herr heute in der Frühe, der in unserem kleinen Städten genächtigt hat", erwidert ihm sein Gesprächspartner.

„Das dürfte wohl nur sehr selten sein, dass zwei Reiter am Tag dasselbe Ziel haben?", fragt Anton.

„So selten denn auch nicht, ist dies doch ein beliebter Handelsweg in die Batavische Republik, zu den Niederländern. Aber dieser Herr war schon etwas Besonderes. Er war wohl an die zwei Köpfe größer als Sie, werter Herr."

„Was Ihr nicht sagt. Dann mag es ja ein wahrer Riese gewesen sein. Und, war er alleine unterwegs auf seiner Reise nach Enschede?", bohrt Anton weiter.

„Nein, der Herr führte noch zwei Kutschen mit sich, gut gefüllt mit Waren, gut gegen Wetter und Blicke mit Planen geschützt. War ein feines Geschäft für mich und meine Freunde."

„Das ist bei mir nicht der Fall. Deshalb wünsche ich noch einen gesegneten Tag und noch ein gutes Geschäft", erklärt Anton, ohne sich etwas über die besondere Bedeutung der erhaltenen Information anmerken zu lassen.

Den Aufstieg zur Höhe macht er wie schon vor Altenberge zu Fuß. Das Pferd am Zügel mit sich führend, nutzt dieses die Gunst um vom Gras am Wegesrand fleißig zu naschen. Ab der Bergkuppe sitzt Anton schon wieder im Sattel und lässt sein Pferd zügig den Weg hinab auf Schöppingen reiten. Den Ort durchquert er zügig, zumal er nicht beim Passieren kontrolliert wird. Wieder auf der Chaussee in Richtung Westen weiß er, dass jetzt bis zur Grenzstadt Gronau nur noch der befestigte Ort Nienburg liegt. Der Handelsweg führt daran vorbei und biegt nach Norden auf die Herrschaft Gronau zu ab. Die befestigte Herrschaft Gronau ist für ihn Ausland, da dieses Gebiet seit langer Zeit zur Grafschaft Bentheim-Tecklenburg gehört. Erst vor drei Jahren kam die Stadt an den Grafen von Salm. Sein Vater unterhält Handelskontakte nach Gronau, da es ein Zentrum der Leinenherstellung und Werberei ist. Auf weniger Freude im Fürstbistum stößt Gronaus Bedeutung bei Buchdruck und Verlagswesen, da es sich in den meisten Fällen um evangelisch-protestantische Werke handelt. Schon vor Gronau schauen für ihn die Häuser und Höfe nicht mehr so aus, wie er sie aus Greven, Münster und entlang der Ems her kennt. Der Einfluss der Bauweisen von der anderen Seite der Grenze haben hier ihre Spuren hinterlassen. Auch der Zuzug von Niederländern hat Einfluss auf die Gestaltung der Häuser genommen. Anton möchte nicht die Prozedur der Ein- und späteren Ausreise mit allen Kontrollen in der Herrschaft Gronau auf sich nehmen. Darum überquert er in Höhe der Ansiedlung Epe zuerst das Flüsschen Dinkel um danach auf Trampelpfaden und Feldwegen das Kloster Glane und die Zollstation zur Batavischen Republik zu erreichen. Den Handelsweg von Gronau zur Grenze nutzen viele Kutschen. Je näher er der Zollstation kommt, umso nervöser benehmen sich die Kutscher.

Einzelne versuchen noch eine langsamere und schwerer beladene Kutsche zu überholen um dadurch sich selbst die Wartezeit zu verkürzen. Anton selbst reitet zügig an den Kutschen vorbei und erreicht am Nachmittag die Zollstation. Die Grenze markiert hier das Flüsschen Glane. Zöllner und Soldaten sind fleißig damit beschäftigt Kutschen und Reisende auf zu verzollende Waren zu kontrollieren. Dabei schauen sie in jede Reisetasche, jeden Sack und unter jeden Kutschensitz. Da dies einige Zeit beansprucht, hat sich rund um die Zollstation ein großes Durcheinander an Kutschen jeglicher Art, Gruppen von Reisenden und Reitern mit Pferden gebildet. Anton reitet bis vor die Zollstation um einen der Offiziere mit seinem Begehren zu sprechen. Bevor er aber in das Gebäude hineingehen kann, ruft ihn von hinten jemand mit deutlich niederländischem Akzent.

„Herr Barkenstein?!"

Anton dreht sich um und sieht einen jungen Mann vor sich stehen. „Wer wünscht dies zu wissen?", fragt Anton den Rufer.

„Guten Tag, ich bin Pim van der Laan und arbeite beim Herrn Baltmans in Enschede. Ich soll Sie hier an der Grenze abholen", informiert ihn der Unbekannte.

„Das ist sehr schön, aber wie soll es denn jetzt weiter gehen?" fragt Anton.

Der Mitarbeiter ist schon im Zollhaus verschwunden und kommt wenig später mit einem der Zolloffiziere wieder heraus. Die beiden unterhalten sich so angeregt auf Niederländisch, das Anton nur einzelne Worte verstehen kann. Dann fragt der Offizier Anton nach seinen Papieren. Anton reicht ihm diese und der Offizier vertieft sich darin. Dabei schaut er einige Male zu Anton und seinem Pferd auf.

Nach kurzer Zeit gibt er ihm die Papiere zurück, lächelt ihn an und sagt: „Dann wünsche ich einen angenehmen Aufenthalt in unserer Republik."

Anton ist mehr als verwundert, einen solch schnellen Übergang in die Niederlande hatte er nicht erwartet.

„Wundern Sie sich nicht Herr Barkenstein, ich warte hier schon ein paar Stunden und hatte dem Offizier die Situation erklärt. Zudem sind wir hier an der Grenze Stammkunden beim Ein- und Ausführen von Waren", erklärt van der Laan den Vorgang.

Gemeinsam überqueren die beiden Reiter die Brücke über die Glane und reiten auf einer deutlich besser gepflegten Straße in Richtung Enschede.

Kapitel 14: **Verkaufsgespräch**

Nach dem Passieren der Grenze führt der Weg die beiden Reiter ohne große Probleme auf Enschede zu. Die Fahrspuren sind hier besser gewartet als auf der preußisch-deutschen Grenzseite. Die Niederländer, ein Volk mit weitreichenden Handelsbeziehungen und Landbesitz in fernen Kontinenten, haben ein Auge auf ihre Handelswege, denkt Anton. Dabei erinnert er sich an die an diesem Tage zurückgelegte Strecke und den Zustand der Wege. Beim Annähern an die Stadt Enschede erkennt er an den starken Befestigungen, die Befürchtungen der Bewohner vor Übergriffen von der anderen Seite der Grenze. Hinter hohen Wällen und tiefen Gräben liegen dicht an dicht die Häuser. Für Anton sind aber auch hier die Häuser und Wehranlagen irgendwie kleiner als beispielsweise in Münster. Alles macht einen gedrungenen Eindruck auf ihn und wirkt dadurch für ihn weniger bedrohlich. Dies sollte jedoch keinen Angreifer zur Unvorsichtigkeit veranlassen. Wie er weiß, haben die Niederländer schon vor Jahrhunderten den damaligen Machthabern, den Spaniern, einen langen, blutigen und verlustreichen Krieg geliefert, bis sie endlich im Frieden von Münster 1648 ihr Land zugesprochen bekamen. Bei diesen Gedanken fällt ihm sein Aufenthalt vor ein paar Jahren in Amsterdam wieder ein. Als er sich damals als Bürger der Stadt Münster ausgab, wer kennt schon Greven, wurde er allgemein sehr freundlich von den Einheimischen aufgenommen.

„Wie geht es denn meinem Herrn Onkel, dem ehrenwerten Herrn Baltmans?"fragt er seinen Begleiter.

„Ja, ja, die Geschäfte gehen schlecht. Die Franzosen und ihr König wollen uns das Geschäft mit den Engländern madig machen. Auf jede Ware von der Insel und aus den Kolonien legen sie hohe Steuern oder verbieten gar die Einfuhr. In den Häfen kontrollieren sie zudem jedes Schiff", antwortet Pim van der Laan.

„Das erleben wir in Greven auch. Die Einkünfte nehmen ab und die Ausgaben steigen. Dazu wollen die Preußen immer mehr Soldaten. Dieser Napoleon ist schon ein Unglück für unsere Länder", stimmt Anton zu.

„Hier im Grenzgebiet gibt es deswegen immer mehr Schmuggler", ergänzt Jan. „Schmuggler, den Begriff habe ich schon gehört, was sind das für Gesellen?"

„Die holen ohne Grenzkontrollen und geheim Waren aus England oder anderswo her und verkaufen sie direkt an die Bauern und Leute, die sich die teuren Güter nicht leisten können", erklärt Pim den Begriff.

„Ja, stimmt das wurde mir schon mal erklärt, ich hatte es vergessen. Bei uns heißt solch ein Geschäftemacher Schleichhändler. Häufig sind es desertierte Soldaten, die sich mit dem Schleichhandel ein Brot verdienen. So mancher kleine Bauer gibt ihnen Unterschlupf gegen Ware", sagt Anton.

Bei den Wehranlagen angekommen steigen sie von ihren Pferden ab und gehen durch das östliche Tor in die Stadt hinein. Die Häuser aus roten Backsteinen errichtet, ducken sich hinter der Mauer. Anton fehlen hier die repräsentativen Adelshäuser und aufstrebenden Handelshäuser mit den spitzen Giebeln wie er sie aus Münster kennt. Schon bei seinen früheren Besuchen hat er dies vermisst. Sie gehen auf den engen Sträßchen in die Stadt hinein. Vorbei kommen sie dabei an mehreren kleinen Kirchen verschiedener christlicher Religionen. Aufmerksam wird er auch auf einzelne Passanten mit dunkler Hautfarbe. Verschiedene Händler haben sich Diener aus einer den überseeischen Kolonien kommen lassen, um ihrem Haushalt damit ein exotisches Ambiente zu geben. Auch verschiedene Militärangehörige, die Dienst in den Kolonien haben, ihre Lakaien von dort mitgenommen. Diese Farbpunkte im Straßenbild gibt dem kleinen Städtchen ein exotisches Gepräge. Zudem, dies wusste er von früheren Besuchen bei seinem Onkel, beeinflussten die Kontakte mit dieser fremden Welt auch den Speiseplan der Niederländer. An der Neuwe Kerk gehen die beiden vorbei über den Marktplatz in den westlichen Teil der Stadt. Hier liegt das Wohnhaus der Familie Baltmans. Das Kontor dagegen befindet sich am Hafen von Enschede. Diesen verbindet ein Kanal mit den großen Häfen an der Nordsee. Bevor sie das Haus erreichen, nimmt Pim ihm das Pferd ab um es zu einem Mietstall zu bringen. Von seinen früheren Besuchen kennt er den Stall und weiß sein Pferd dort gut aufgehoben. Das Haus der Baltmans ist größer als viele andere. Es sieht wie ein kleines Schloss aus. An den Enden des Haupthauses, das einige Meter von der Straße entfernt steht, sind Nebenhäuser angebaut worden. Dadurch ist der Platz an drei Seiten vom Haus eingerahmt. Zur Straße hin ist eine kleine Mauer und darauf ein eiserner Zaun errichtet worden. Als er das Tor öffnet meldet im Haus ein Hund sein kommen an. Deshalb braucht er nicht anzuklopfen, sondern wird sofort von Eva Baltmans in der Tür empfangen.

„Anton, guten Tag, schön das Du da bist. Wir wussten ja nicht wie schnell Du die weite Strecke schaffen würdest. Aber jetzt komm erst mal hinein."

„Gott zum Gruß und ergebendsten Dank, liebe Frau Tante. Mit Hilfe des Herren Pim von der Laake war der Übertritt in die Batavische Republik auch kein großes Problem."

„Die Idee kam meinem Mann heute beim Frühstück. Es wird sehr scharf an der Grenze kontrolliert, da hätte es sehr lange dauern können", erklärt Anton und hört dabei eine Tür gehen.

„Ja, so schnell schon in unserer Republik, der junge Herr Barkenstein, welch eine Freude. Gut sieht er aus, trotz des langen Rittes", begrüßt ihn der Hausherr Jan Baltmans.

„Danke, danke, lieber Herr Onkel. Aber Ihr müsstet mich so manches Mal am frühen Morgen sehen. Dagegen ist mein Aussehen jetzt sehr gut. Antonia-Hermina meint es mit ihrem Vater nicht so gut", entgegnet Anton.

„Genug geredet, das Zimmer ist Dir doch noch von den früheren Besuchen bekannt. Geht hinauf, mach Dich frisch und kommt in einer halben Stunde zum Essen. Unser gemeinsamer Geschäftspartner wird in einer Stunde erscheinen. Dabei wird auch mein Geschäftspartner van Geldern sein", sagt Baltmans zu Anton und geht zurück in sein Arbeitszimmer.

„Dann bis zum Essen", sagt Anton, greift sich seine Reisetasche und geht die Treppe vom Eingangsraum in den ersten Stock.

Wie bei seinen früheren Besuchen und Arbeitsaufenthalten hat er ein Zimmer im linken Seitenhaus mit Blick auf die Straße und den Hof. In einer Schublade hat er für sich Rasierzeug und weitere Pflegeartikel deponiert. Im Schrank hängt ein ihm passender Anzug und weitere Kleidungsstücke. Sobald er sich erfrischt und andere Kleidung angezogen hat fühlt er sich schon wieder heimisch in diesem Haus. Mit seiner Mutter und dem alten Kutscher der Barkensteins war er schon als kleiner Junge hierhin mitgenommen worden. Früher war besonders die Reise von Greven nach Enschede spannend. Sehr früh am Morgen, fast noch in der Nacht, wurde losgefahren. Der Kutscher bemühte sich dann möglichst schnell die Strecke zurück zu legen. Der schlechte Zustand der Wege sorgte jedoch für eine lange Fahrzeit. So waren sie im Sommer nie vor dem Eintreten der Dunkelheit in Enschede angekommen. Anton wurde dann schnell in ein Bett gelegt, damit er schlafen konnte. Er war nach der Fahrt auch immer todmüde. Die Baltmans haben zwei Söhne und eine Tochter die alle in seinem Alter sind. Der eine Sohn ist bei einem Geschäftspartner in der Stadt Antwerpen und soll später das Geschäft des Vaters übernehmen. Den anderen hat es zur Seefahrt verschlagen. Auf einem Handelsschiff befährt er als Offizier die Weltmeere zwischen den Kolonien der Niederlande. Aus den Briefen, die seine Mutter von ihrem Bruder bekommt, erfährt er von seinen Aufenthaltsorten auf diesen Seereisen. Die Tochter hat einen Kaufmann in Enschede geheiratet. Einige Zeit hatte Anton sie ganz sympathisch gefunden. Die Kontakte waren aber nur sehr sporadisch. Enschede liegt doch von Greven aus etwas weit entfernt.

Kapitel 15: **Ein ehrenwerter Herr**

Nachdem er sich erfrischt und seine Kleider gewechselt hat, geht Anton aus dem Zimmer, die Treppe herunter und zur Salontür. Bevor er die Tür erreicht hat, klopft es an die Haustür der Baltmans. Anton öffnet darauf hin die Tür und steht einem älteren Herrn, gut genährt und tadellos gekleidet gegenüber. Da seine Größe nicht über seinen Kopf hinausgeht, kann es sich nicht um den Räuber handeln.

Bevor er etwas sagen kann, grüßt ihn der Unbekannte: „Sie müssen der Herr Barkenstein sein. Mein Geschäftspartner Baltmans informierte mich über Ihr kommen. Guten Tag und willkommen in Enschede."

Anton ist überrascht von der freundlichen Eröffnung des Gespräches. „Ja, äh, danke, danke für die freundliche Begrüßung, leider kenne ich Sie nicht, aber kommen Sie erst einmal hinein."

„Oh, welch ein Missgeschick. In meiner Überraschung habe ich vergessen mich vorzustellen. Gustav van Geldern, ich bin vor bald einem Jahr in das Geschäft Ihres Herren Oheim eingestiegen."

„Es freut mich Sie kennen zu lernen. Wo Sie es sagen, erinnere ich mich an eine Äußerung meiner Mutter. In einem der Briefe meines Onkels stand wohl etwas darüber."

„Gustav, gut, dass Du gekommen bist. Unseren Herrn Barkenstein hast Du gerade erleben dürfen", die Stimme von Jan Baltmans kommt von der Salontür hinter Anton.

Die drei Geschäftsleute gehen in den Salon und nehmen am Tisch Platz. Für Anton steht ein reichhaltiges Essen bereit, von dem er sofort gebrauch macht. Während er beim Essen ist, lässt er sich von seinem Onkel über den Handelstermin mit dem Räuberhauptmann berichten.

„Ich habe ihn zu einem Gespräch für den heutigen Abend eingeladen. Wie ich von einem Wachoffizier in Erfahrung brachte, ist unser Gast schon am Mittag in Enschede angekommen. Er logiert in einem Gasthof vor der Stadt. Dort hat er auch zwei Kutschen mit Waren abgestellt. In die Stadt will er wohl nicht mit den Waren kommen", erklärt Baltmans.

„Als was soll ich denn an dem Gespräch teilnehmen? Es soll ja bei ihm kein Verdacht entstehen", fragt Anton.

„Sie werden als mein Sohn vorgestellt. Mich kennt unser Geschäftspartner nicht. Mein eigener Sohn ist in Amsterdam als Kaufmann aktiv.

Den Namen brauchen wir nicht zu ändern, Anton passt schon", erklärt van Geldern.

„Beim Gespräch bitte nur bei den Waren bleiben. Über irgendwelche Überfälle bitte kein Wort verlieren", mahnt Baltmans.

„Ich bin schon sehr gespannt auf unseren Geschäftspartner", meint Anton.

Während der Wartezeit isst Anton weiter, während die Herren Baltmans und Geldern sich über allgemeine Themen unterhalten. Nach ca. 20 Minuten wird an der Haustür geklopft und eine Bedienstete teilt das Kommen eines Herrn Markus Ellrich aus Frankfurt mit.

„Das ist unser Partner", sagt Baltmans und geht dem Gast entgegen.

Begleitet von einem Gehilfen tritt eine imposante Gestalt in den Salon. Er hatte zwar von der Größe des Räubers schon vorher gehört, Anton ist trotzdem sehr verwundert. Mit seiner Größe hätte dieser Herr Ellrich auch auf einem Jahrmarkt eine gewisse Attraktion dargestellt. Gekleidet ist er in feines Tuch nach der neuesten Mode. Erst nachdem er sich gesetzt hat, können die Anwesenden erkennen, dass die Größe aus der Länge seiner Beine resultiert.

„Ehrenwerte Herren, ich bedanke mich für ihr großzügiges Angebot, mich nochmals vorsprechen zu lassen. Wie ich sehen darf, haben sie, Herr Baltmans, zwei weitere Geschäftspartner hinzugezogen. Darf ich mich deshalb vorstellen. Mein Name ist Markus Ellrich, Kaufmann aus Frankfurt an der Oder. Und mit wem habe ich es zu tun?"

Die Stimme des Gastes ist fein und hat eine vornehme Aussprache. Seine Größe und Statur lässt nicht auf diese Stimme schließen.

„Verehrter Herr Ellrich, darf ich Ihnen vorstellen den ehrenwerten Kaufmann, meinen Geschäftspartner, Gustav van Geldern mit seinem Sohn Anton", stellt Baltmans die Beiden vor.

In der folgenden Stunde unterhalten sich die vier Männer eingehend über die verschiedenen Waren, welche der Kaufmann aus Frankfurt an der Oder ihnen anbietet. Die Waren bestehen besonders aus teuren und feinen Produkten. Anton kann anhand der Beschreibungen feststellen, welche von einem Überfall auf Pünten stammen dürften. Die Konditionen, die der Räuber anbietet sind äußerst interessant für jeden Kaufmann. Die Preise können mit denen in den Niederlanden gut mithalten. Auch bei den Lieferzeiten und dem Umfang der Lieferungen sind die Angebote des Herrn Ellrich überzeugend positiv.

„Dann wären wir hiermit handelseinig. Einen Teil der Waren können Sie gerne schon morgen bei mir am Gasthof abholen. Ich bin morgen bis um die 11. Stunde des Tages dort. Dann werde ich auf Almelo weiter fahren."

„Dieses feine Geschäft müssen wir jetzt noch in geeigneter Weise abschließen. So, wie es in diesem Haus Brauch ist, mit einem Tropfen aus der besten Brennerei dieser Stadt", beendet Jan Baltmans das Gespräch.

Die vier Geschäftspartner stoßen auf das Gelingen des Geschäftes an. Danach verabschiedet sich wortreich der Herr Ellrich mit seinem stillen Begleiter.

„Gehabt Euch wohl, ehrenwerte Herren und erinnert Euch meiner bei einem erneuten Wunsch nach wertvoller Ware", sind seine letzen Worte vor dem Verlassen des Hauses Baltmans.

„Das war überzeugend, sehr überzeugend. Niemand der ihn so erlebt hat, wie wir ihn erlebt haben, würde auf die Idee kommen einem Räuber gegenüber zu sitzen.

Elegant und weltläufig tritt er auf und lässt keine Zweifel an seiner Rolle als Händler zu", resümiert Anton das Gespräch mit dem Räuber.

„Wenn ich nicht den klaren Beweis hätte, dieses Schreiben von Eurem Herrn Martens aus Emden in dem Warenballen, dann wäre ich auch auf ihn hereingefallen", erklärt Baltmans.

„Zu unserem Glück hatte er keinen Zweifel an meinem „Sohn". Herr Barkenstein, Sie haben sich gut in diese Rolle hinein versetzen können. Mein Kompliment", würdigt van Geldern Antons Leistung.

„Danke für die Blumen. Bei der Vorlage der Waren und deren Ursprung haben ich einige der gestohlenen Lieferungen von meinem Vater wie auch von anderen Grevener Kaufleuten wieder erkennen können. Er verkauft hier, jenseits der Grenze, sein Raubgut", erklärt Anton.

„Da er es nicht bezahlt hat, kann er auch die Abgaben an der Grenze leicht bezahlen und macht trotzdem einen schönen Schnitt."

„Schön unser kleines Theater hat geklappt. Erst dadurch sind wir auf die Spur der gestohlenen Waren und dieses Räubers gekommen. Aber wie soll es jetzt weiter gehen? Wir haben ein Geschäft abgeschlossen. Aber die Waren sind doch nicht die dieses Herrn Ellrich aus Frankfurt an der Oder. Wir kaufen Diebesgut", merkt Baltmans an.

„Bei den guten Konditionen unseres Geschäftspartners mache ich folgenden Vorschlag. Die Waren werden gekauft und hier in Enschede in den Handel gegeben. Bei der Spanne die dabei im Verkauf abfällt, ist es möglich einen Teil an die Kaufleute in Greven zurück zu geben. Das wird auf keinen Fall den Ausfall völlig abdecken, aber den Verlust deutlich mindern", schlägt Anton vor.

„Ein Rücktransport nach Greven oder Münster ist wegen der Grenzsteuern und anderer Kosten zu teuer. Deshalb ist dieser Vorschlag sehr gut. Zudem freue ich mich meiner Schwester damit helfen zu können", stimmt Baltmans der Idee von Anton zu.

Nachdem die geschäftlichen Dinge geregelt sind sitzen die drei Kaufleute sowie Eva Baltmans, Antons Tante, noch einige Zeit im Salon zusammen. Anton kann dabei die neusten Erlebnisse vom Heranwachsen seiner Kinder erzählen. Zwei Zeichnungen von Heinrich-Erich und Antonia-Hermine lassen die geschilderten Ereignisse lebendig werden.

„Nachdem jetzt jeder der Anwesenden das Neueste aus dem Haus Barkenstein zu Greven erfahren hat, würde mich schon auch Neues aus Enschede und der Batavischen Republik interessieren", fragt Anton.

„Das würde wir auch gern wissen", entgegnet der Hausherr. „Wir wissen auch nicht wie lange es noch unsere Republik von Frankreichs Gnaden gibt. Man munkelt, dass der Kaiser der Franzosen für die Lieben seiner Familie neue Titel und Ehren sucht. Da könnte sein Bruder einen Königstitel bestimmt gut gebrauchen. Und die Niederlande stehen dafür hoch im Kurs. Wir werden es dann sehen."

„Das Schicksal scheint in dieser Zeit viele Menschen zu treffen. Vor drei Jahre kamen viele Grevener zum Fürstentum Rheina-Wolbeck. In den Niederlanden ist eine Republik ausgerufen worden. Wenn es aber dem Herrn Napoleon in seine Weltpolitik passt, sind wir vielleicht demnächst alle Niederländer, Preußen oder Franzosen", spekuliert Anton.

„Wir werden es noch erleben, sofern der Kaiser der Franzosen noch lange an der Macht bleibt. Ich sehe aber keine Veränderung der Situation, schon gar nicht durch militärische Maßnahmen", bemerkt van Geldern.

„Da wir hier und jetzt keine Lösung dieser weit reichenden Probleme finden, werde ich mich zurückziehen und die Herren alleine lassen", beendet Eva Baltmans die Runde. „Anton, wie sieht denn bei Dir der morgige Tag aus?"

„Liebe Tante, ich werde morgen nach dem Frühstück den Weg zurück nach Greven nehmen. Mein Vater, die Kaufleute und meine Freunde erwarten mit großem Interesse meinen Bericht", erklärt Anton.

„Dann hast Du nochmals einen harten Reisetag vor Dir. Da wünsche ich Dir eine gottgesegnet Nacht, einen geruhsamen Schlaf", wünscht Antons Tante.

„Vielleicht ergibt sich dank dem weisen Kaiser der Franzosen, dass bei der nächsten Reise nach Enschede keine Grenzen mehr den Weg behindert", witzelt im Hinausgehen Jan Baltmans und begleitet seinen Geschäftspartner zur Haustür.

Kapitel 16: **Auswertung**

„Anton ist zurück!"

„Was? So schnell. Ich hätte gedacht, dass er noch einen Tag dort bleibt um sich vom Hinritt auszuruhen", bemerkt Wilhelm-August Barkenstein. Es ist spät an diesem Abend im Mai 1806 geworden. Die Sonne wandert schon über den Horizont und Dunkelheit macht sich langsam breit. In dieses Halbdunkel des Abends hinein lenkt Anton sein Pferd auf den Hof seines Elternhauses. Weiße Schweißflocken am Hals des Pferdes deuten auf einen scharfen Ritt hin. Auch der Staub an Antons Kleidung lässt darauf schließen.

„Sie sind aber schnell zurück aus Enschede geeilt, werter Herr Barkenstein. Im Haus hat man Sie für heute nicht mehr erwartet", begrüßt ihn Walter Hülsbusch.

„Das habe ich mir auch gedacht. Aber die neue Nachricht wollte ich möglichst schnell nach Greven bringen", antwortet Anton.

„Dann muss es aber besonders wichtig sein. Haben Sie diesen Räuberhauptmann gefunden?", fragt Walter weiter, während er die Zügel vom Pferd ergreift um das Tier im Stall zu versorgen.

„Schau gleich auch vorbei, damit Du das Neueste erfährst", lädt Anton den Hausknecht ein.

An der Haustür erwartet schon der alte Barkenstein seinen Sohn.

„So schnell hatte ich Deine Rückkehr nicht erwartet. Ich hoffe, es gibt eine erfreuliche Nachricht", empfängt er den Sohn ohne Gruß, was sein Interesse an den Neuigkeiten aus Enschede unterstreicht.

„Lass uns in den Salon gehen, dort kann ich Dir alles genau berichten", entgegnet der Sohn und geht direkt in das Zimmer hinein.

Am Tisch sitzend, ein Glas Wein vor sich stehend, informiert Anton seinen Vater.

„Schick dem Martens ein dickes Dankesschreiben für seine Idee mit dem Zettel in dem Seidenballen. Ohne dieses Papier wären wir erst in Wochen auf diese Spur der Räuber gestoßen – wenn überhaupt."

„Also ist es der Kopf der Räuberbande gewesen, den mein Schwager empfangen hat?", fragt der alte Barkenstein weiter.

„Ja, ja und nochmals ja. Die Größe und sein Aussehen entsprechen dem was Walter Hülsbusch und andere von diesem Herrn gesagt haben. Er hat eine sehr stattliche Größe. Eigentlich viel zu auffällig für Raubüberfälle", berichtet Anton seinem Vater.

„Dann ist es aber für ihn sehr gefährlich sich danach irgendwo zu zeigen", mein Wilhelm-August.

„Warum? Er überquert eine Grenze und ist unangreifbar. In Enschede liegt nichts gegen ihn vor. Zudem hat er eine sehr freundlich, einnehmende Art sich darzustellen und er hat auch sehr gute Papiere, die ihn als das bestätigen als was er gerade auftritt. Dies wird zu einem Problem bei der Überführung dieses Räubers werden."

In diesem Augenblick tritt Walter Hülsbusch in das Zimmer hinein.

„Gut, dass Du gekommen bist, da kannst auch Du erfahren, was ich gerade meinem Vater mitteile. Der Händler, der meinen Onkel besuchte ist der Püntenräuber!"

„Eine sehr schöne Nachricht für alle Grevener. Dann schließt sich langsam die Schlinge um den Hals dieses Halunken. Schade, dass ich nicht dabei war. Dem hätte ich ..."

„Gerade deshalb wollte ich dich nicht mitnehmen nach Enschede. Meine Tarnung wäre dann aufgeflogen. Zudem hat er Dich beim Überfall gesehen und mit Namen angesprochen. Dadurch wäre mein kleines Theater in Enschede von vornherein zum Scheitern verurteilt gewesen", erläutert Anton.

„Mich würde aber zu gerne interessieren, woher dieser Räuber so genau bescheid weiß", denkt Wilhelm-August laut nach.

„Das dürfte relativ leicht zu beantworten sein. Es gibt genug Menschen die für ein paar Taler alles machen würden. Sich mit den Besatzungen der Pünten in Rheine oder an einem anderen Ort zu unterhalten ist doch recht einfach. Ein, zwei Bier und schon kann man die eine oder andere Information erhalten", erklärt Anton aus seiner Sicht den Sachverhalt.

„Warum denn nicht etwas Kurzweil beim Ankern am Abend? Unsereiner müht sich doch ab, den ganzen Tag. Ein Bier am Abend tut da richtig gut", kommentiert Walter Antons Äußerung.

„Bei vielen Püntenfahrern bleibt es aber nicht bei einem Bier. Und danach sind sie dann sehr redefreudig. So dürfte es gewesen sein. Dabei muss derjenige der am Hafen oder am Lagerplatz die Püntenknechte ausfragt nicht mal zu den Räubern gehören. Auch der kann später ausgehorcht worden sein oder gegen Geld die Information geliefert haben", „Genau so ist das. Wenn einer nichts zu beißen hat, dann ist jedes Geld gut fürs

Leben", meldet sich Walter.

„Und mit diesem Denken kann der Räuberhauptmann auch seine Männer für die Überfälle bekommen. Arme Bauernsöhne, die nicht zum Militär wollen, sind eine leichte Beute für solch dunkle Elemente", führt Anton weiter aus.

„Damit wollen wir uns jetzt nicht mehr beschäftigen. Walter hol Dir in der Küche ein Bier und habe einen angenehmen Abend. Und Du Sohn, was gibt es denn aus Enschede neues zu berichten?", fragt der alte Barkenstein.

„Bei den Waren, die der Räuberhauptmann dabei hatte, habe einige erkannt, welche für uns oder andere Grevener Kaufleute gedacht waren. Der Onkel wird die Waren weiter verkaufen, seine Kosten vom Erlös abziehen und uns den Restbetrag zukommen lassen. Ich denke, dass dies im Interesse der Bestohlenen ist."

„Das ist mehr als wir in dieser Situation erwarten konnten. Ein sehr gutes Ergebnis. Ich bin sehr stolz auf Dich!", lobt Wilhelm-August seinen Sohn. „Danke, das freut mich. Aber jetzt brauche ich mein Bett", beendet Anton das Gespräch.

Kapitel 17: **Schlechte Nachricht**

Die Tür zur Küche im Hause Barkenstein wird aufgerissen und Walter Hülsbusch kommt aufgeregt herein gelaufen.

„Walter, benimm Dich wenn Du in die Küche kommst und führe dich nicht wie ein preußischer Soldat auf! Auch der Überfall auf Dich entschuldigt nicht ein solches Verhalten!", Klementine mag es überhaupt nicht wenn jemand so laut in ihr Reich eindringt. Walter lässt sich aber durch die deutlichen Worte nicht beruhigen, sondern sie fördern eher noch seine Erregung.

„Wenn Du wüstest was ich gesehen habe, dann wärst du auch aufgeregt", erwidert Walter.

„Dann beruhige Dich trotzdem, trink etwas und sag danach was Dir über den Weg gelaufen ist."

Walter setzt sich und trinkt etwas, während Klementine weiter am Frühstück für die Barkensteins arbeitet.

„Na, nun sag schon an, was hat Dich denn so aufgeregt?"

„Ich gehe heute in der Frühe zum Püntenanleger an die Ems hinunter, so wie ich das doch jeden zweiten Tag mache. Wie ich über die Brücke gehe, kommt mir die Grenze irgendwie verändert vor. Ich gehe also zum Schlagbaum weiter, will ja wissen was da los ist."

„Schön, Du besuchst den Grenzübergang – und weiter?"

„Ja, was? Bis vorgestern war da doch der Offizier, dieser Baumgartner, mit seinen Männern für die Grenze zuständig."

„Mann, Walter, was war denn nun?", Klementine wird langsam ärgerlich über Walters Langatmigkeit.

„Da an der Grenze waren heute ganz andere Soldaten. Ich gehe näher heran und gleich kommt eine ganze Gruppe aus dem Zollhaus heraus. Aber nicht der Baumgartner mit seinen Leuten, alles nur Franzosen!", teilt Walter mit.

„Was, die Fürstensoldaten sind weg und Franzosen sind da?", Klementine ist verwundert.

„Ja, das Wappen des Fürsten von Rheina-Wolbeck war weg und ein neues angenagelt. Ich wollte mit denen reden, die verstanden mich aber gar nicht. Nur französisch sprechen die", ist Walter entrüstet.

„Dann sag das mal den Herren Barkenstein, die müssen das doch wissen", fordert Klementine.

„Stimmt, habe ich fast in meiner Aufregung vergessen", Walter steht auf, geht aus der Küche heraus und zum Frühstücksraum.

Er klopft an und öffnet nachdem er das „Herein!" von Wilhelm-August Barkenstein hört.

„Guten Morgen, Herr Barkenstein, ich habe eine wichtige Neuigkeit für Sie."

„Ja, Walter, dann sag es mal. Aber verderbe mir nicht das Frühstück", meint mit einem Schmunzeln der alte Barkenstein.

„Herr Barkenstein, ich war heute Morgen am Anleger und habe dabei feststellen müssen, dass es an der Grenze eine Neuerung gibt. Die Franzosen haben die Grenze übernommen!"

„Ach, jetzt schon? Walter, das ist neu. Aber ich habe darüber schon in der Zeitung gelesen. Napoleon hat ein Dekret erlassen. Das Fürstentum wird in das Großherzogtum Berg einverleibt", erklärt Barkenstein den Sachverhalt.

In diesem Augenblick öffnet sich die Tür und Anton kommt ins Zimmer.

„Ah, Sohn, der Franzose hat es heute umgesetzt. Links der Ems ist jetzt beim Großherzogtum Berg."

„Ach, die sind aber schnell, wir sprachen doch erst gestern darüber. Und was ist an der Grenze los?"

„Herr Barkenstein, die Franzosen sitzen im Wachhaus an der Grenze. Die können kein deutsch, nur französisch oder was die sonst sprechen", meldet sich Walter.

„Dann werden wir uns mal mit den neuen Verhältnissen beschäftigen. Vater, ich werde nach dem Frühstück zur Grenze gehen und versuchen mich zu erkundigen", erklärt Anton.

„Seit wann ist denn mein Mann der französischen Sprache so mächtig, dass er sich mit Soldaten des großen Napoleon unterhalten kann?", fragt Martina beim Eintritt in das Frühstückszimmer.

„Stimmt, liebe Frau, es wäre besser, wenn Du mitkommen würdest, Du hast ja in Münster bei den Lothringer Frauen die Sprache dieser Herrschaften etwas erlernt."

„Schön, dann kann ich mir auch mal die strammen Soldaten des Kaisers anschauen", stimmt sie mit einem Lächeln zu.

„Aber lasst uns doch erst mal eine Grundlage für den Tag einnehmen und essen", fordert der alte Barkenstein zum Frühstück auf.

„Danke, Walter, für die schnelle Informierung. Wenn ich zurück von der Ems bin müssen wir uns zusammensetzen wegen der weiteren Arbeit unter dieser neuen Entwicklung", sagt Anton an Walter gerichtet.

Das übliche Morgengeschehen im Haus Barkenstein nimmt seinen gewohnten Lauf mit dem gemeinsamen Frühstück.

Kapitel 18: Baumgartners Besuch

„Ob er wohl kommen wir? Vielleicht lassen die Preußen Ihn an der Grenze gar nicht nach Greven hinein?", fragt mit besorgtem Unterton Martina Barkenstein ihren Mann.

Die beiden Eheleute sitzen im Salon und warten auf Gilbert Baumgartner. Wie vor zwei Tagen, beim Besuch der neuen, französischen Grenzkontrolle durch die beiden vereinbart erwarten sie den alten und neuen Befehlshaber der Zoll- und Soldateneinheit.

„Aber, liebe Frau, er ist doch nicht mal richtig zu spät. Wir warten noch etwas und dann schicke ich den Walter zur Grenze um zu schauen was anliegt."

„Gut, das ist eine richtige Idee. Mal schauen ob Klementine mit dem Kaffee fertig ist", meint Martina, steht auf und verlässt in Richtung Küche das Zimmer.

Anton bleibt sitzen und liest weiter in seiner Zeitung. Nach einigen Minuten erschallt ein lautes Klopfen an der Haustür. Anton hebt den Blick von der Zeitung und schaut interessiert zur Zimmertür. Butler Wilhelm öffnet die Tür und lässt den Gast herein. Anton erkennt an der Aussprache des Deutschen mit einem feinen französischen Akzent den Gast und öffnet schon die Salontür.

„Herr Offizier Baumgartner, willkommen im Hause Barkenstein. Kommen sie doch herein", dabei weist er dem Gast einen Sessel am Tisch zu.

„Bonjour, Herr Barkenstein. Nochmals Danke für die Einladung", erwidert der Offizier.

„Ah, der Monsieur Baumgartner, Bonjour! Comment alles-vous? „

„Bien, merci!"

„Das ist schön, wir hatten uns schon etwas sorgen gemacht, ob Sie überhaupt die Grenze überschreiten dürfen", fährt Martina in Deutsch weiter.

„Da ist etwas dran. Die Herrschaften von der preußischen Seite zeigten sich erstaunt über meinen Wunsch das Dorf zu besuchen. Damit ich mich nicht in dieser großen Stadt verlaufe, haben sie mir einen Führer mitgegeben. Zugegeben ein Führer mit wenig Wissen um die hiesige Geographie, ein Soldat aus dem Brandenburgischen. Aber mein freundlicher Charme hat mir geholfen Ihr schönes Haus zu finden", erklärt Baumgartner.

„Ach was? Sie wurden durch das Dorf von einem Soldaten begleitet? Wo ist der denn jetzt?", fragt überrascht Anton.

„Wohl noch auf dem Hof um aufzupassen, dass ich nicht über den Zaun fliehe", entgegnet der Offizier.

„Wilhelm, holen sie doch mal die unfreiwillige Begleitung von Herr Baumgartner in den Vorraum und geben sie ihm etwas zu trinken und zu essen. Wir wollen doch nicht die Vertreter unseres preußischen Landesherren darben lassen, während der „Feind" in unserem Hause verwöhnt wird", beauftragt Anton den Butler.

„Und Sie, Herr Baumgartner, wie kommt es denn, dass wir weiterhin mit Ihrem strengen Auge an der Grenze vorlieb nehmen müssen", fragt interessiert Martina.

„Oh, Madame Barkenstein, war ich denn zu scharf in der Vergangenheit, wenn Sie Ihren Herren Vater auf dem Gräftenhof besuchen wollten?"

„Aber nein, so war es denn auch nicht gemeint. Sehen Sie es als einen Scherz an. Aber, erzählen Sie doch mal etwas darüber. Ach, ja, Wilhelm, das ist richtig, schenken Sie unserem Gast vom Kaffee ein", sagt Martina.

„Vielen Dank. Ja, meine alte und neue Aufgabe an der Grenze. Eigentlich war es recht einfach. Ich habe mir meine alte Uniform aus den Tagen bei der französischen Armee angezogen – war schon etwas sehr abgenutzt und vom langen Liegen gezeichnet – und bin den neuen Herren entgegen geritten. Informationen über den Wechsel gingen ja schon vor Tagen durchs Land. Ein alter Bekannter informierte mich mit einem Schreiben sehr genau über den Einmarsch."

„Die dürften sich sehr gewundert haben, einen der Ihren zu sehen", fragt etwas belustigt Anton.

„Das stimmt. Sie haben mich auch erst für einen Deserteur gehalten. Nachdem Sie aber meine Papiere eingesehen hatten waren sie wieder sehr freundlich. Man brachte mich dann zum Divisionsgeneral Canuel, dem ich ebenfalls meine Papiere vorlegte und meine Geschichte erzählte. Dem General hat das mächtig imponiert und mich gefragt, was ich denn weiter machen möchte. Als ich mich nach der weiteren Befehlsgewalt hier an der Grenze erkundigte, lachte er nur laut auf und sagte zu seinem Adjutanten, dass dieser mir die entsprechende Einsetzungsurkunde ausstellen solle. Das Kaiserreich Frankreich werde jetzt von einem Elsässer an der Ems verteidigt, verkündete er mit einem lauten Lachen gegenüber seinen Offizieren", erzählt Baumgartner sein Erlebnis.

„Das Verhalten von dem General kann man aber auch anderes Interpretieren", meint Anton.

„Mir ist das eher zweitrangig. Ich habe weiterhin den Befehl hier an der Grenze, das wollte ich und habe es auch erhalten", erwidert Baumgartner.

„Und dies wird auch die Grevener erfreuen, da Sie in der Vergangenheit mit Ihnen gute Erfahrungen gesammelt haben", bemerkt Anton. „Auch mein Vater hat sich positiv zu Ihrer Ernennung geäußert. Leider kann er Sie nicht direkt begrüßen. Er ist in Münster bei der preußischen Verwaltung. Wegen der Überfälle auf Emspünten in den vergangenen Wochen spricht er dort vor. Sie haben ja auch damit zu tun."

„Ja, ich erhielt ein Schreiben der Fürstlichen Verwaltung deswegen und Händler berichteten an der Grenze darüber. Auch meinen Soldaten gab ich auf bei ihren Streifen auf merkwürdiges zu achten. Aber so richtig haben wir nichts finden können. Das Fürstentum ist nur sehr klein und kann mit dem Pferd in kurzer Zeit durchritten werden", sagt Baumgartner.

„Der Hauptmann dieser Räuber ist dabei eine recht stattliche Person. Das sagten mir die überfallenen Püntenbesatzungen. Der Mann ist wohl zwei Köpfe größer als ich. Seine Kleidung ist dabei sehr gut und auch sein Umgangston zeigt eine gewisse Bildung an. Seiner Aussprache nach kommt er nicht aus dem Münsterland, wohl eher aus dem Süden, Rheinland und weiter südlich", gibt Anton dem Elsässer seine Informationen.

„Ich werde weiterhin, auch in meiner neuen, alten Funktion die Augen aufhalten. Diese Räuber bestehlen ja nicht nur Sie, sondern auch den französischen Staat und das Großherzogtum Berg. Nur ein guter, ruhiger Handel bringt Geld in die Staatskassen", gibt sich Baumgartner als Staatsökonom.

„Das mit dem Geld für den Staat kann ich bestätigen. Die neuen Steuern in den französischen Gebieten sind schon sehr durchdacht. Ich habe mich wegen der Geschäfte damit beschäftigen müssen. Da kann sich bald niemand mehr um die Abgaben herum drücken. Grundsteuer, Personal und Mobiliarsteuer, Türen- und Fenstersteuer sowie Patentsteuer auf jedes Gewerbe, da fehlt nur noch eine Steuer für das Abort", gibt Anton seiner Meinung Ausdruck.

„Sagen Sie das nicht so laut. Der Kaiser macht das wohlmöglich, wenn er es für sinnvoll hält", scherzt Baumgartner. „Aber ich habe noch eine Bitte an Sie. Genauer an die gnädige Frau Barkenstein."

„Das ist etwas neues, der Befehlshaber bittet beim Feind! Um was soll es denn gehen?", fragt Martina.

„Nein, das ist keine Bitte beim Feind, sondern bei der Tochter eines Bürgers des Großherzogtums Berg. Es geht um Ihren Vater", erklärt Baumgartner. „Was hat er denn getan, dass Sie mich in die Angelegenheit hinein ziehen?", fragt Martina sehr überrascht.

„Nein, nichts ungesetzliches oder gefährliches. Es geht mir um folgendes. Am 15. August ist das Namensfest von unserem Kaiser Napoleon. In der ehemaligen fürstlichen Regierungsstadt Rheine ist ein Fest an diesem Tag geplant. Es würde meinem Ansehen dienlich sein, wenn in meinem Befehlsbereich ebenfalls ein Fest zu Ehren des Kaisers geben würde. Der beste Ort für eine solche Feier ist der Hof Ihres Herrn Vater. Ich möchte Sie bitten bei Ihrem Vater in dieser Angelegenheit vorzusprechen. Das Fest würde ich organisieren und auch bezahlen. Das ist es mir wert", erklärt Baumgartner seine Bitte.

„Das kann ich zwar machen, aber mein Vater hat seinen eigenen Kopf und dazu etwas gegen die Franzosen. Er trauert noch immer dem Fürstbischof in Münster nach. Und Ihr Kaiser und seine Politik ist für ihn eine Sünde gegen den göttlichen Willen. Aber ich kann einen Versuch unternehmen", verspricht Martina.

„Merci, Madame Barkenstein. Vielen Dank. Damit haben Sie mir einen Stein vom Herzen genommen. Jetzt muss ich aber aufbrechen. Zum abendlichen Wachwechsel an der Grenze ist meine Anwesenheit erforderlich. Bien merci! Au revoir!", sagt Gilbert Baumgartner und steht auf um zu gehen. Butler Wilhelm reicht ihm Mantel und Degen, die Baumgartner im Gehen anlegt.

„Dann wünsche ich Ihnen weiterhin eine angenehme Arbeit und Erfolg beim Herumschauen nach dem Räuberhauptmann", wünscht Anton.

„Ich werde versuchen was sich machen lässt. Au revoir!", verabschiedet sich Baumgartner.

„Ein Fest für Napoleon auf dem Gräftenhof des Schulze Große-Gronenburg? Das ist wirklich mal etwas Besonderes. Ein Ereignis in Greven", sagt etwas belustigt, Anton, nachdem der Offizier mit seinem preußischen Begleiter das Haus verlassen hat.

„Warum so belustigt? Seit dieser Geschichte mit dem preußischen Offizier vor Jahren steht mein Vater irgendwie unter Generalverdacht. Da kann es nur gut sein, wenn der befehlshabende Offizier eine positive Meinung über den Hof hat. So ein Fest kann da sehr dienlich sein", verteidigt Martina ihre Meinung.

„Dann wünsche ich viel Freude bei der Vorbereitung. So viel Zeit ist nicht mehr bis dahin", erwidert Anton.

Damit wird die Tür geöffnet und Marele betritt mit einer laut grummelnden Antonia im Arm den Salon.

Kapitel 19: Napoleonfest

Die Straße nach Altenberge ist um die Abfahrt zum Gräftenhof des Schulze Große-Gronenburg festlich in rot, weiß und blau geschmückt. Vier große französische Fahnen stehen zu beiden Seiten der Straße im Quadrat gegenüber. An Seilen hängt mittig über der Fahrbahn und zwischen den vier Fahnenmasten groß der Buchstabe „N" von einem Laubkranz umgeben. Das „N" steht für Napoleon Bonaparte und schwebt vor der Einfahrt zum Hof. Die Einfahrt wird von weiteren kleineren Fahnen in den französischen Farben und mit dem Wappen des Großherzogtums Berg geschmückt. Über der Zugbrücke zum Hof hängt neben Girlanden aus grünen Ästen ein Banner mit der Aufschrift „Willkommen". Der Hof ist für die geladenen Gäste festlich geschmückt. Tischreihen sind auf ein Podium ausgerichtet. Auf weiteren Tischen vor dem Haupthaus stehen Kuchen und andere Leckereien für die Gäste bereit. Eine Musikkapelle stimmt ihre Instrumente und berät die zu spielenden Musikstücke.

„Ja, hier ist die Melodie der „Marseillaise". Der Offizier Baumgartner hat sie mir gegeben. Lasst es uns nochmals versuchen".

Etwas schwerfällig setzt die Melodie ein, wird aber mit jeder Note runder. Zwischen den Tischen und um die Kutschen spielen Kinder. Dabei werden sie regelmäßig von Erwachsenen auf die notwendige Ruhe wegen des hohen Festes hingewiesen.

„Das wird ein schönes Fest werden, da bin ich sicher. In Rheine mögen sie ja feiern können, aber auch Greven ist dabei", ist Gilbert Baumgartner zufrieden. Zusammen mit Martina Barkenstein steht er etwas abseits und betrachtet das Geschehen.

„Wer wird denn vom französischen Militär, von Ihren Vorgesetzten, kommen, Monsieur Baumgartner?", fragt Martina.

In seinem vom französischen untermalten Deutsch antwortet dieser: „Niemand, die müssen alle in Rheine anwesend sein. In der ehemaligen Regierungsstadt soll mit dem Fest Flagge gezeigt werden. Ich habe aber auf das Fest ganz oben hingewiesen und ein Grußschreiben vom Divisionsgeneral Canuel erhalten. Das werde ich vorlesen. Wichtig ist mir, dass dieses Fest im Stab bekannt ist", informiert Baumgartner.

„Ihr eigentliches Zielt ist es für Greven erhalten zu bleiben. Der Herr Offizier scheint wenig Interesse an den großen Entscheidungen des Herrn

Napoleon zu haben", erwidert Martina.

„Wissen Sie, gnädige Frau Barkenstein, wenn man über viele Jahre von einem Krieg in den nächsten marschiert ist, dann ist ein solcher Posten eine angenehme und sichere Angelegenheit", meint der Offizier.

In diesem Augenblick fährt eine Kutsche auf den Hof, hält in der Nähe der beiden Gesprächspartner und die Insassen steigen aus. „Jetzt muss ich mich um meine Familie kümmern. Ein schönes Fest wünsche ich Ihnen", verabschiedet sich Martina und geht zur gerade angekommenen Kutsche. Nachdem sie alle begrüßt hat und man gemeinsam zu den Tischen geht, kommt Anton auf den Elsässer zu.

„Guten Tag Herr Baumgartner. Das sieht ja sehr hübsch aus. Allein der Schmuck an der Straße beeindruckt sehr. Das haben Sie sich ja einiges kosten lassen."

„Aber das Ziel ist damit auch erreicht. Zwar wird niemand vom Stab des Generals Canuel kommen, aber ich bin bekannt. Somit bin ich sehr zufrieden. Jetzt müssen nur noch die Gäste kommen und Freude am Feiern haben", antwortet der Offizier.

„Freude werden viele haben, zumal die Überfälle auf die Pünten seit einiger Zeit nicht mehr stattgefunden haben. Es hat den Anschein, dass sich die Herren mit ihren dunklen Geschäften in andere Gefilde begeben haben", stellt Anton zufrieden fest.

„Das will ich hoffen. Möge es so bleiben."

„Das wünschen sich alle. Ich muss jetzt meine Bekannten begrüßen. Nochmals danke wegen der Besuchsmöglichkeit für die Grevener aus dem Dorf auf diesem Fest."

„Bitte, bitte. Das ist ganz in meinem Interesse. Viel Freude beim Feiern."

Anton entfernt sich zu den Tischen, während Baumgartner zur Bühne geht. Auf dem Weg liest er nochmals das Schreiben von General Canuel um es sinngemäß den Anwesenden im Rahmen der Festeröffnung zu übersetzen. Mit einer etwas eigenwilligen Interpretation der „Marseillaise" durch die Freizeitmusiker aus Greven beginnt die Feier zu Ehren des Kaisers von Frankreich, Napoleon Bonaparte, auf dem Gräftenhof des Schulzen Große-Gronenburg.

Kapitel 20: **Baumgartners Solo**

Gilbert Baumgartner sitzt in einem gemütlichen Sessel vor dem Zollhaus an der neuen Emsbrücke. So gefällt es ihm am Besten. Zufrieden kann er auf die letzten Jahre zurückblicken. Für ihn war es ein Glücksgriff bei der Gründung des Fürstentums Rheina-Wolbeck diese Stelle erhalten zu haben. Nachdem er 10 Jahre mit der Französischen Revolutionsarmee marschiert war und so manchen Kampf gegen Preußen, Österreicher und Russen gefochten hatte, war er sehr zufrieden mit seiner Wahl. Natürlich ist auch hier nicht alles Gold. Schmuggler gibt es an jeder Grenze, das ist ihm schon bei Dienstantritt klar gewesen. Aber die hält er mit seinen Zöllnern und Soldaten im Zaun. Mit den Grevenern beiderseits der Grenze hat er sich nach anfänglichen Problemen arrangiert. Anfangs, vor drei Jahren, hatte er auf diesen preußischen Offizier und seine Geschäfte gesetzt. Er konnte ja nicht wissen, wie dieser junge Barkenstein gegen den vorgehen würde. Von dessen Kontakten zum General Blücher ganz zu schweigen. Nachdem der Offizier plötzlich, ohne Abschied, nach Berlin zurückgegangen war, hatte er sich mit den Barkensteins versöhnt. Kopfschmerzen bereiten ihm in letzter Zeit die Überfälle auf Pünten. Da wurde er auch von seinen Vorgesetzten angemahnt etwas zu unternehmen. Auch die Kaufleute in Greven hatten sich deswegen schon bei Ihm gemeldet. Gut und schön, aber das konnte er mit den wenigen Leuten nicht schaffen. Diese Räuber holten sich irgendwo entlang der Ems eine Pünte und verschwanden dann über preußisches oder herzogliches Gebiet. Bis er da ankam mit seinen Männern war nichts mehr auszurichten. Diese Räuber waren gut über die Gegend informiert. Zudem nutzen sie die Grenze, denn er kann nicht einfach herüber gehen nach Greven und dort jemanden verhaften. Das war Ausland, da hatte er nichts zu sagen. Wie er so in Gedanken vor seinem Zollhaus sitzt, sieht er einen Reiter langsam aus Richtung Altenberg kommen.

„Ein schönes schwarzes Pferd, sehr edel, muss einiges gekostet haben", denkt er beim Anschauen des Reiters. Dieser scheint es nicht eilig zu haben. In aller Ruhe lässt er sein Pferd gehen.

„Der hat wohl schon einen weiten Weg hinter sich", vermutet Baumgartner. In einiger Entfernung hält der Reiter, steigt ab und geht um sein Pferd herum. Jetzt kann Baumgartner die besondere Größe des Reiters erkennen. Der Reiter kniet nieder und greift sich den linken hinteren Huf um etwas nachzuschauen. Er ist jetzt für Baumgartner verdeckt. Deshalb schaut er auch nicht mehr hin, sondern geht in Gedanken anderen schönen Pferden nach.

„Ja, ein schönes, schwarzes, edles Pferd, möglichst einen rassigen Araber. Ach, was! Viel zu teuer für einen einfachen Grenzoffizier im Münsterland."

Wie er so weiter über Pferde und Reiter vor sich hin phantasiert kommt ihm urplötzlich eine Information ins Gedächtnis: „ Wie war das noch, was hatte der Herr Barkenstein gesagt. Dieser Räuberhauptmann soll recht groß sein und ein schwarzes Pferd reiten. Dabei ist er sehr gut gekleidet. Das könnte doch auf den Reiter dort zutreffen. Nun, der wird ja gleich am Schlagbaum ankommen."

Bei diesen Gedanken schaut er zu dem Reiter hinüber. Der ist noch mit seinem Pferd beschäftigt. Baumgartner steht auf, geht zum Schlagbaum und zieht unauffällig eine Pistole die er hinter seinem Rücken versteckt.

An den Schlagbaum gelehnt schaut er zum Reiter hinüber. Dieser beendet die Arbeit an seinem Pferd, steigt auf und sieht erst jetzt den Zöllner am Schlagbaum stehen. Das hat er nicht erwartet, denn Baumgartner kann erkennen, wie ein plötzlicher Ruck durch den Körper des unbekannten Reiters geht. Der Reiter schaut direkt auf ihn, zügelt sein Pferd und reitet auf der Straße zurück um nach wenigen Metern in einen Seitenweg nach Norden abzubiegen.

„Monsieur scheinen eigenartige Reitgewohnheiten zu pflegen. Diesen Herrn möchte ich doch näher kennen lernen", sagt sich der Elsässer und rennt hinter das Zollhaus zu den Pferden.

„Werner und Gustav, Ihr übernehmt sofort die Wache. Ich muss schnell mal weg", ruft er während er auf sein Pferd steigt, es auf die Straße leitet und im Galopp zu der Stelle reitet, wo der Fremde in den Seitenweg abgebogen ist.

„Nein, schneller darf ich nicht reiten, gegen dessen Rassepferd hat mein Klepper keine Chance. Ich muss nur wissen wohin dieser Herr reitet", hält er sich selbst zurück.

Der Feldweg führt zwischen Feldern und Wiesen gewunden in Richtung Norden. Eigentlich dient dieser Weg nur Bauern um auf Felder und Acker zu gelangen.

Die Hufabdrücke des anderen Reiters sind gut und frisch im Sand des Weges zu sehen. Nach einigen hundert Metern wird der Weg schmaler, zu einem Pfad, der in absehbarer Zeit endet. Dann enden auf dem Pfad die Spuren und drehen nach Westen auf eine Wiese ab. Der Reiter hat sich von der Ems weg in Richtung Nordwalde gewandt, so die Meinung von Baumgartner. Er muss jetzt mehr aufpassen, da kleine Bäche und Hecken die Wiesen durchziehen. Die Spur ist auch hier noch gut zu sehen. Sie führt direkt auf die Lücke in einer Wallhecke zu. Vor der Hecke ist ein Graben und ein Gatter zu erkennen.

„Dann schauen wir mal, ob Du den Sprung schaffen wirst. Also, noch etwas schneller, damit Du einen guten Absprung schaffst", flüstert Baumgartner seinem Pferd ins Ohr.

So, als hätte das Pferd verstanden, mobilisiert es zusätzliche Kräfte, um den Sprung über Graben und Gatter zu schaffen. Nach einem letzten Satz beginnt der Sprung seines Pferdes. Es schafft das Gatter sehr gut. Auch das andere Ufer des Grabens erreicht es, die Vorderhufe sind schon auf der anderen Seite und fliegen auf das frisch geackerte Feld - Baumgartner sieht die Spuren des anderen Reiters – nur aus dem Augenwinkel erkennt er plötzlich einen großen, schwarzen Schatten, der in seinem Sprung auf ihn und sein Pferd zufliegt. Etwas Langes blitzt in der linken Hand des Angreifers auf. Baumgartner duckt sich auf sein Pferd und muss es gleichzeitig nach links wegreißen. Durch das ruckartige Ziehen am Halfter und den plötzlichen Angreifer aus dem Busch ist sein Pferd völlig verstört. Mit lautem, ängstlichem Wiehern quittiert es die erschreckende Situation. Die Hufe finden keinen sicheren Halt am Boden, sein Pferd fällt hin. Halb unter dem Pferd begraben bleibt Baumgartner im Acker liegen. Baumgartner kommt es so vor, als wenn das blinkende Etwas nur um wenige Zentimeter seinen Kopf verfehlt hätte. Unter dem Pferd liegend greift er seine Pistole aus einer Tasche am Pferdesattel, um bei einem erneuten Angriff des Reiters sich verteidigen zu können. Diese Vorsichtsmaßnahme ist jedoch nicht notwendig. Der unbekannte Reiter ist schon längst in Richtung Nordosten, zwischen Büschen und Hecken entkommen.

„Merde!!! So eine dumme Sache. Hol´s der Teufel! Baumgartner, Du wirst langsam zu alt für solche Sachen", straft er laut sich selbst, nachdem er unter dem Pferd hervorgekrochen ist.

Er hat bei dem Überfall mehr Glück als Verstand gehabt. Weil der Acker gepflügt ist, konnte sich sein Körper in den Boden drücke. Deshalb hat er jetzt zwar blaue Flecken und unangenehme Prellungen, aber gebrochen ist kein Knochen. So steht er langsam auf, betrachtet sich, die Uniform und das Pferd. Außer einem gewaltigen Schrecken ist dem Tier auch nichts geschehen. Während er sich das Tier anschaut, blinkt etwas im Acker neben der Stelle, an der er und das Pferd hingefallen sind, leicht auf. Zuerst registriert es dies gar nicht. Als er in den Sattel steigt fällt ihm der goldene Schein auf dem graubraunen Ackerboden auf. Er steigt noch einmal, trotz der Schmerzen die ihm diese Prozedur verursacht, ab und bückt sich nach dem glänzenden Etwas. Erst in der Hand erkennt er was es ist, der Teil einer kleinen Figur aus Gold. Nachdem er sich vergewissert hat, dass der Fremde nicht zurückkommt, schaut er sie sich genauer an. Der Kopf und ein Teil des Halses fehlen. Der Rest des Körpers kann einen Wolf oder Hund darstellen. Vier Beine und ein Schwanz sind erkennbar. Eine feine Goldarbeit, bearbeitet für eine wichtige Person, dürfte einiges gekostet haben, denkt er beim Betrachten. Er schaut sich auf dem Acker um. Nein, es gibt nur diese Spur des fremden Reiters, sonst keine weitere. Der Acker muss am Vortag gepflügt worden sein, die Furchen sind noch frisch, nur der Tau der Nacht hat sich auf der trockenen Erde nieder gelassen. Somit muss dieser Teil der Figur, vielleicht ein Anhänger, von dem fremden Reiter stammen.

„Wenn das stimmt", sagt er laut zu sich, „dann haben wir einen Beweis für diesen Püntenräuber."

Mit diesen Worten legt er die Goldfigur in ein kleines Tuch und steckt sie in eine Innentasche. Langsam und auf die Schmerzstellen an seinem Körper bedacht macht er sich auf den Weg zur Zollstation zurück. Dabei denkt er über die Informationen nach, die er zu den Überfällen auf die Pünten hat. Er wird den Goldfund für sich behalten. Der Dieb soll nicht wissen, dass er diese Goldfigur hat. Wer weiß schon, mit welchen Bewohnern aus dem Dorf oder den Bauernschaften der Püntenräuber und seine Hintermänner zusammen arbeiten. Falls dieser Anhänger eine Bedeutung für den Räuber hat, kann er ihn damit vielleicht überführen.

Kapitel 21: **Soldatenleben**

Anton-Konrad Barkenstein schaut auf die Ems, die sich in immer neuen Windungen nach Norden zwischen Feldern und Baumgruppen verliert. Still und ruhig gleitet auf den Wellen eine Pünte dahin und läst sich vom Wasserstrom treiben. Die Matrosen halten Ausschau nach Sandbänken und Baumstämmen, die dem Schiff gefährlich werden könnten. Jetzt im Sommer führt die Ems nicht so viel Wasser wie im Frühjahr wenn der Schnee auftaut und das Flussbett die Wassermassen manchmal nicht halten kann. Er ist zufrieden. Gerade hat er eine Pünte auf die Reise in Richtung Emden geschickt. Stoffe, Blaudrucke, Holz und andere Waren stapeln sich im Schiff für den Weiterverkauf in den Norden. Jetzt hat er etwas Zeit zum Nachdenken. Immer wieder ergreift Ihn etwas Fernweh, wenn er den Pünten hinterher sieht. Dann erinnert er sich an seine Fahrten nach Emden, seinen Aufenthalt in Amsterdam und die Reise mit Martina bis nach London. Gerne würde es so etwas noch mal machen. Aber dafür ist jetzt, im Geschäft seines Vaters, keine Zeit. Aber es wird noch die Gelegenheit kommen, hofft er immer wenn ihn diese melancholische Stimmung ergreift.

„Herr Barkenstein!", der Ruft dringt an Antons, Ohr, aber er steht noch immer in Gedanken auf dem Anlegesteg.

„Der junge Herr Barkenstein ist wieder in Gedanken auf großer Reise? Er soll in seines Vaters Haus kommen. Dort gibt es eine unangenehme Neuigkeit."

Walter Hülsbusch kennt sich mit Anton und seinen Stimmungen gut aus. Seit ihrer Jugend sind die beiden zusammen. Walter lehrte dem jungen Barkenstein so machen Trick, den er von seinem Vater oder anderen Bauernjungen erhalten hatte. Walter lernte mit Anton lesen, schreiben und rechnen. Der alte Barkenstein nahm ihn später in seinen Haushalt als Kutscher und Boten auf.

„Walter, was ist denn? Ist es denn so wichtig? Ist etwas mit den Kindern? Sag schon!"

„Nein, so schlimm ist es nicht. Aber der junge Herr Schlüter war eben im Haus und wollte Sie sprechen. Es scheint etwas Schlimmes zu sein."

„Gut, ich gehe mal bei ihm vorbei."

Walter hat seinen Auftrag erfüllt und geht zu den anderen Lagerhausarbeitern mit denen er ein Schwätzchen halten wird. Anton überschreitet in Richtung Greven die neue Emsbrücke. Vorbei an Kötterhäusern, Lagerschuppen und Gärten führt ihn sein Weg über die Emsstraße nach Greven hinein. Vorbei an der Bergstraße erreicht er das „Goldene Reh". Hier grüßt er nur kurz Bekannte, welche sich schon zum Mittag mit der flüssigen Mahlzeit des Münsterlandes stärken. Unterhalb der St. Martinus-Kirche umrundet er den Kirchberg und biegt nach rechts in die Münsterstraße ab. Nach einigen Metern klopft er an die Tür eines vornehmen Hauses. Ein Angestellter öffnet die Tür und fragt nach dem Begehren.

„Ich möchte den Karl Schlüter sprechen."

„Kommen Sie herein, Herr Barkenstein. Ich werde ihn sofort rufen."

„Bist Du das Anton?", ruft eine Stimme aus einem der oberen Zimmer.

„Wie gewünscht, sofort gekommen nach der Anforderung!", entgegnet Anton dem Rufer.

Mit großen Schritten kommt Karl Schlüter die Treppe herunter.

„Komm mit, lass uns in den Salon gehen. Da haben wir mehr Platz. Meine Eltern sind in Münster. Ich hol eben Bier oder willst du etwas anderes?"

„Bring auch etwas Obstsaft mit. Mit ist jetzt nicht nach Bier", meint Anton „Wie der hohe Herr wünscht. Ich fliege" Da Anton den Weg kennt, geht er ohne Karls Begleitung in den Salon.

Er legt seinen Rock auf einen Stuhl, legt Hut und Stock dazu und setzt sich in einen der Sessel. Der Raum kann sich mit dem im Haus seines Vaters messen. Auch hier überwiegen moderne Möbel der aktuellen Mode. Nur ein alter Sessel vom Vater des derzeitigen Hausherren steht noch in einer Ecke. Auf einem Schrank stehen kleine Bilder von der Familie und Verwandten in ovalen und rechteckigen Bilderrahmen. An der Wand hängt ein Scherenschnitt mit den Profilen August und Adelheid Schlüter, den Eltern von Karl und seinem älteren Bruder Gustav.

„So jetzt gibt es erst mal etwas zu trinken. Dann sage ich Dir worum es geht", sagt Karl beim Abstellen der Gläser und Karaffen auf dem Tisch. Anton nimmt sich ein Glas und schenkt sich etwas Kirschsaft mit Wasser ein.

„So, jetzt spanne mich nicht mehr auf die Folter. Was ist los? Warum diese Aufregung?", fragt Anton.

„Eine ganz miese Sache. Die wollen mich in die Preußenarmee!", Karls Stimme schwangt zwischen Entrüstung und Unsicherheit.

„Das ist wirklich nicht gut. Du weißt ja, ich brauche nicht hin, da ich bei meinem Vater arbeite", erklärt Anton.

„Stimmt. Du bist für die Preußen als Kaufmann wichtiger als beim Militär. Bei mir ist das aber etwas anderes. Mein älterer Bruder fährt doch schon auf diesem Billett. Bei mir sieht das jetzt anders aus."

„Ja, hat Dein Vater denn nicht die notwendigen 5.000 Taler Vermögen für die Freistellung? So steht das doch in der Kabinettsorder der Preußen. Kaufleute mit einem Vermögen von über 5.000 Talern sind freigestellt", erklärt Anton.

„Natürlich weiß ich das. Aber die machen da ganz spitzfindige Berechnungen. Vater 5.000 Taler, Gustav 5.000 Taler und dann ich auch noch dazu, das macht 15.000 Taler zusammen", lässt Karl seine Verzweifelung freien Lauf. „Das ist ja beste kaufmännische Haarspalterei. Dein Vater hat die 15.000 Taler nicht zusammen?"

„Du weißt doch wie die Geschäfte laufen. Die ganzen Kriege fordern immer höhere Zahlungen an die Preußen. Dann nehmen die Kosten immer mehr zu und der Handel von und nach England wird von den Franzosen immer schwieriger gemacht. Und zu guter letzt wurde noch eine unserer Pünten beraubt."

Anton weiß bescheid. „Ja, wegen der Überfälle auf die Pünten bin ich aktiv. Die Räuber müssen wir bekommen. Da hilft uns auch der Herr von Theile."

„Der ist wieder im Dorf, ich habe ihn gestern gesehen. Scheint sich in den letzten Jahren nicht verändert zu haben."

„Aber das ist ja jetzt nicht das Thema. Was sollen wir machen. Die Preußen wollen Dich haben. Kannst ja gleich als Offizier eintreten, dann kannst Du die anderen antreiben oder kommst nach Greven zur Grenzwache."

„Wie damals dieser von Blütow hier, dem Du seine Geschäfte vermasselt hast. Aber mir ist irgendwie nicht zum Lachen."

„Mir auch nicht, aber nur in Sack und Asche ist doch auch blöd. Wie war das noch, da gibt es doch eine Möglichkeit. Wie heißt das denn noch? Du kannst doch einen Vertreter zum Militär schicken", überlegt Anton.

„Schöne Möglichkeit. Willst Du denn für mich gehen? Oder soll ich den Willi fragen?"

„Nein, jetzt werde mal etwas ruhiger. Trink nicht so viel Bier dabei, das benebelt nur das Gehirn. Wie sieht das denn mit dem Sohn eines der

Kötter und Lohnbauern aus?", denkt Anton nach.

„Die werden sich auch bedanken. Lieber in Greven knechten bis die Zunge verdorrt als für die Preußen irgendwo verbluten, denken die sich doch. Da hat doch keiner Lust aufs Militär. Denen rennen doch immer wieder die Soldaten weg."

„Stimmt. Mein Vater bekommt dann immer die Schreiben aus Münster mit den Namen der Deserteure. Vor kurzem sind aus Münster 13 weggelaufen, allein sieben aus Greven."

„Das beweist doch wie es um das preußische Militär steht. Die laufen denen alle weg. Bei mir geht das nicht. Die Familien bekommen dann die Folgen zu spüren."

„Lass uns doch mal in aller Ruhe überlegen. Wen könnten wir denn fragen wegen einer Vertretung für Dich?"

Einige Zeit herrscht Stille im Salon, gestört von den Stimmen der Bediensteten in der Küche und im Hof. Das Gackern von Hühnern in ihrem kleinen Stall am Gartenende und das Schnauben der Pferde im Nebengebäude sind ebenfalls zu hören.

„Das wäre eine Möglichkeit", entfährt es Anton in Gedanken.

Karl schaut ihn mit großen Augen an, sein Gesicht ist ein einziges Fragezeichen.

„Ja, das könnte klappen. Da solltest Du Nachfragen. Pass auf. Beim Pferdeacker, dem Kötter in Richtung Saerbeck raus. Weißt Du wen ich meine? ..." – Karl schüttelt den Kopf. - „... Der Vater ist doch im Winter im Eis der Ems ertrunken. Die Frau ist jetzt mit ihren sechs Kindern ganz allein auf sich gestellt. Der Älteste ist ein Jahr älter als wir. Das ginge doch?"

„Anton, Du bis unschlagbar. Das ist es. Das werde ich meinem Vater sagen. Der soll mit denen Reden", Karl ist über die Idee von Anton glücklich.

„Da musst Du aber dann mitgehen. Anders sähe das nicht gut aus. Es würde zu viel im Dorf darüber geredet."

„Gut, so muss es wohl sein. Ich werde das meinem Vater sagen."

„Gut, informiere mich. Ich muss jetzt weiter nach Hause. Eigentlich sollte ich schon lange wieder dort sein."

„Schade, aber wir sehen uns... . Ja, wann denn? Morgen oder über morgen im „Goldenen Reh"?"

„Übermorgen ginge wohl. Bis dann."

Anton verlässt das Haus, geht die Münsterstraße in Richtung Marktplatz. Von der Marktstraße kann er einige preußische Soldaten auf dem Marktplatz stehen sehen.

„Diese Einquartierungen kosten nicht nur Geld, sondern belasten auch den Dorffrieden durch ihr unfreundliches Auftreten", denkt er im Vorbeigehen.

Kapitel 22: **Zukunftsangst**

Anton, Willi und Karl sitzen gemeinsam beim Bier im „Goldenen Reh" und schauen schweigend irgendwo hin, nur nicht sich gegenseitig und besonders Karl an. So richtig hat keiner Lust zu sprechen. Dafür ziehen ihre Blicke die Tiefe des Bierschaums in den eigenen Gläsern an.

„Wenn das man klappt, das mit dem Vertreter für Karl, damit er nicht zum Militär muss", meldet sich leise der ansonsten mit flotten Sprüchen nicht zimperliche Willi.

„Wenn ich schon daran denke wird mir schlecht. Ich zwischen irgendwelchen Bauerntölpeln marschieren. Ne, niemals, da gehe ich doch lieber weg", denkt Karl laut nach.

„Das ist keine Lösung. Hast Du mit Deinem Vater wegen meinem Vorschlag gesprochen? Will er mit der Witwe Pferdeacker sprechen?", fragt Anton.

„Ja, habe ich heute Morgen. Er war gestern den ganzen Tag nicht ansprechbar. Schon wieder irgendein Geschäft geplatzt oder die Franzosen haben wieder etwas verboten", antwortet Karl.

„Ja, Dein Vater ist zu sehr auf den Handel mit England ausgerichtet gewesen. Das rächt sich jetzt, wo die Franzosen diesen Handel unterbinden wollen", meint Anton.

„Du könntest es ja machen wie der Köttersohn aus Schmedehausen. Der ist doch zum Militär nach Münster gegangen und bei der ersten Gelegenheit wieder weggelaufen. Andere haben es auch so gemacht. Jeder weiß doch, dass der zwischen Schmedehausen und Ladbergen versteckt wird", schlägt Willi vor.

„Ha, Ha, Ha, mehr als lachen kann ich darüber nicht. Wo soll er denn sich verstecken? Sein Vater könnte ihm Geld geben und ihn ins Ausland gehen lassen. Aber dann werden sich die Herren Bürokraten an seinen Vater halten. Das kennen wir doch auch. Soll denn Karls Vater im Buddenturm zu Münster einsitzen bis Karl freiwillig zurück kommt? Das ist es doch auch nicht!", entgegnet Anton.

„Aber schaut doch mal. Wie war denn das im August hier in Greven? Aus dem Dorf mussten 12 Mann, aus Schmedehausen gar 10, dann aus Hüttrup 4 und aus Pentrup ebenfalls 4, aus Wentrup und Guntrup jeweils drei, aus Gimbte, Aldrup und Bockholt sowie Fuestrup auch jeweils zwei und dann noch Maestrup mit einem. Das macht doch zusammen 45 Mann Kanonenfutter", rechnet Willi.

„Schön, dass Du ein so tolles Gedächtnis hast. Wo hast Du denn die Zahlen her?", fragt Karl

„Das spielt doch keine Rolle, ich weiß es halt. Von den zwölf aus Greven haben sich in Münster sieben vom Preußischen Exerzierstock verabschiedet. Da fällt es doch kaum auf wer da sonst noch wegläuft. Und es rennen denen immer wieder welche weg. Wenn die jede Familie einsperren oder bestrafen wollen, dann wird es aber arg eng im Buddenturm", besteht Willi auf seiner Idee.

„Aber bei Karl wäre es doch etwas anderes. Der Sohn aus einer der besten Familien Grevens desertiert. Da wird dann ein Exempel draus gemacht. So sehe ich das. Und es wäre für das Geschäft von Karls Vater tödlich. Nein so geht das nicht", ist sich Anton sicher.

„Ihr meint, die würden meinen Vater besonders unter die Knute zwingen?", fragt Karl etwas unsicher.

„Davon gehe ich aber ganz fest aus. Bei einem Bauernlümmel mehr oder weniger machen die kein großes Aufheben drum, aber beim Sohn eines bekannten Ortsbürgers sieht die Sache schon anders aus. Das vermute ich aber ganz stark", erklärt Anton.

„Also doch besser einen Vertreter finden für unsern Karl", gibt sich Willi geschlagen. „Was kann man denn für solch einen Dienst dem glücklichen Kandidaten geben?"

„Das muss gut bedacht werden. Nicht alle Bauerjungen oder Tagelöhnersöhne gehen mit Widerwillen zum Militär. Für viele ist es doch die einzige Möglichkeit sich aus der Familie und vom Frondienst zu befreien. Mit etwas Glück kommen sie auch noch einigermaßen gesund wieder heraus", sagt Anton.

„Schön und gut, aber so einen Freiwilligen müssen wir erst mal finden. Wenn das mit dem Pferdeacker klappt ist es ja schön, aber wenn nicht?", macht Willi den Pessimisten.

„Warten wir doch erst mal das Gespräch mit der Witwe und ihrem Sohn ab. Wie war das noch mit dem Sohn vom Kötter Berkemann, der ist doch für den Sohn vom Schulte Walgenbach aus Maestrup ins Militär eingezogen. 150 Taler soll das ganze gekostet haben. Dazu wurde einer der Söhne in Erziehung beim Schulte genommen, jährliches Geld an den Kötter und Pflughilfe für die Felder. So ähnlich müsste Dein Vater das auch beim Pferdeacker machen", informiert Anton seine Freunde.

„Das wäre doch eine schöne Sache. So um die 1.000 Taler kommen dabei zusammen, die müsste Dein Vater doch zusammen bringen", versucht auch Willi den ziemlich einsilbigen Karl zu motivieren.

„Hoffentlich wird es gut gehen. Und wenn alles nichts wird, dann gehe ich weg aus Greven, in die neue Welt gehe ich dann. Du hast uns doch von den Schiffen im Hafen von Amsterdam berichtet, die dahin fahren", Karls Antwort klingt nicht sehr überzeugt.

In diesem Augenblick wird es an der Theke plötzlich laut. Mehrere preußische Soldaten rufen durcheinander. Sie hatten dem Bier etwas zu sehr zugesprochen und dies sind die Folgen. Alle Anwesenden schauen zur Theke und warten ab was geschehen würde. Bevor sich aber etwas entwickeln kann tritt ein Offizier auf die Gruppe zu, sagt deutlich einen Befehl wonach die Soldaten mit gesenktem Kopf den Gastraum verlassen.

„Oh ha, so was möchte ich nicht erleben müssen, dann doch lieber weit weg", sagt Karl und trinkt aus seinem Bierglas.

„Lass Dich nicht hängen. Warten wir das Gespräch mit der Witwe Pferdeacker ab und dann sehen wir weiter", sagt Anton und lässt die anderen mit ihren Gläsern anstoßen: „Auf unseren verhinderten Soldaten!", wobei alle drei lachen.

Kapitel 23: **Witwe Pferdeacker**

Einige Hundert Meter auf der Marktstraße aus dem Dorf Greven hinaus liegt der Kötterhof der Familie Pferdeacker. Das alte Fachwerkhaus duckt sich abseits der Straße hinter Büschen vor einer Abbruchkante. Tief eingeschnitten hat sich vor dem Haus der Bachlauf, dessen Hochwasser in jedem Frühjahr den Bestand des Hauses gefährdet. Das Dach ist schon häufig geflickt worden. Steine sollen Holzschindeln und Planken bei Sturm auf dem Dach fest halten. Der Weg zum Haus ist eine Ansammlung an Schlaglöchern und Pfützen. Frei umher laufende Schweine haben den Grund auf der Suche nach Nahrung umgepflügt. Um das Haus und am Bach spielen laut kreischend Kinder in fast jedem Alter. Urplötzlich hört das Geschrei auf. Alle schauen gemeinsam in Richtung der Straße nach Saerbeck. So etwas haben sie noch nicht gesehen. Eine vornehme Kutsche und zwei Reiter nehmen den Weg auf das Haus zu.

„Mama, Mama da kommen Leute", ruft ein Mädchen aus der Kinderschar. Ein etwas älterer Junge rennt zum Haus, reißt die Tür auf und schreit noch mal: „Da kommen Leute mit Kutsche und Pferden."

Aus einem der hinteren Räume kommt eine Frau, deren Alter der Betrachter nicht erraten kann. Das Leben und die Arbeit haben ihre Spuren im Gesicht deutlich hinterlassen. Als Sie die Kutsche und die Reiter sieht, zieht sie schnell die Schürze aus. Zieht ihr dreckiges Kleid etwas zurecht und geht sich durch die Haare. Mit einem tiefen Diener geht sie auf die Kutsche zu. „Hoher Herr, wir sind doch viel zu gering für ihren Besuch."

„Pferdeackersche komm Sie her, der werte Herr Schlüter, Kaufmann zu Greven und Ortsvorstand wünscht Euch zu sprechen!", ruft einer der Reiter der Frau entgegen.

„Bernhard! Halt Dich zurück! Wir wollen die Frau Pferdeacker doch nicht in Furcht und Angst stürzen", kommt es mit schneidender Stimme aus der Kutsche. Völlig überrascht von diesem Anraunzer lässt der Reiter sein Pferd einige Schritte zurückgehen.

„Werte Frau Pferdeacker, entschuldigen Sie das ungebührliche Verhalten meines Angestellten. Es ist nicht in unserem Interesse Sie zu erschrecken."

„Der alte Treiber schreckt mich nicht", mit einem bösen Blick auf Bernhard entgegnet dies Frau Pferdeacker. „Aber was bringt die vornehmen Herren auf meinen Hof."

August Schlüter ist sich nicht wohl in seiner Haut. Hunderte Geschäfte hat er im Laufe seines Lebens getätigt. Aber ein solches wie er es jetzt für seinen Sohn abschließen muss war noch nicht dabei. Wie soll man einer Mutter erzählen, er möchte ihr den Sohn abkaufen damit dieser für seinen Karl zum Militär geht.

„Frau Pferdeacker, wir wissen um das Schicksal, welches Ihre Familie im letzten Winter getroffen hat, als ihr Mann in der Ems ertrank."

„Der Hof ohne Mann ist nichts. Aber ich habe noch meine Söhne, den Bernd-Henrich und den Ferdinand. Aber auch die anderen Kinder müssen mithelfen", erwidert die Frau.

„Ja, aber die Kinder können doch nicht den Mann ersetzen. Der holte doch das Geld herein. Und das fehlt jetzt", bohrt Schlüter vorsichtig weiter.

„Viel war's nie, aber das bisschen half schon. Es ist halt ein Kreuz für uns Arme", sinniert die Frau.

„Deshalb bin ich hier, Frau Pferdeacker. Ich möchte mit Ihnen ein Geschäft eingehen", nutzt Schlüter seine Chance.

„Was kann unsereiner denn für ein Geschäft mit einem hohen Herrn machen?", kommt eine misstrauische Frage zurück.

„Oh, werte Frau Pferdeacker, es ist ein ganz reelles Geschäft. Nichts verbotenes oder unsittliches. Ich möchte Ihren Sohn, den Ferdinand, mieten", eröffnet August Schlüter das Angebot.

„Meinen Sohn mieten? Was kann er denn beim hohen Herrn tun, das er ihn mieten möchte?" Das Misstrauen ist geradezu spürbar in der Luft zwischen den Gesprächspartner.

„Also, frei heraus! Ich möchte mit Ihnen und Ihrem Sohn einen Vertrag machen, damit er anstelle meines Sohnes zum Militär geht. Es wird für Sie kein Schaden sein. Ihr werdet gutes Geld bekommen, das Haus kann erneuert werden. Die Kinder können lernen und Sie auch mal ein neues Kleid sich zulegen."

August Schlüter versucht durch viel Reden seine Unsicherheit zu überdecken. Jetzt ist die entscheidende Stelle im Geschäftsgespräch. Er kann sich nur an sein erstes eigenes Geschäft erinnern, bei dem er ähnlich nervös gewesen ist.

„Nein. Wir mögen zwar arme Leute sein. Aber unser eigen Blut verkaufen wir nicht!", der Kopf der Frau Pferdeacker ist rot angelaufen. Die Erregung sieht man ihren zitternden Händen an. Mit bösen Blicken schaut Sie

August Schlüter und die beiden Reiter an.

„Werte Frau Pferdeacker, Ihre Erregung kann ich nicht nur verstehen, sie ist auch sehr ehrenwert. Keine Mutter lässt Ihre Kinder gerne zu den Soldaten

– Keine!" „Genau, so ist es!"

„Aber schauen Sie, Frau Pferdeacker, Sie sind doch auch für Ihre anderen Kinder verantwortlich. Was wird denn aus diesen werden? Wenn sie nicht lesen, schreiben und rechnen lernen, werden Ihre Kinder Sie nicht im Alter unterstützen können. Daran müssen Sie doch auch denken", August Schlüter läuft langsam zur Hochform auf.

„Tagelöhner und Hilfsarbeiter, das sind Gott gefällige Arbeiten. Soldatenwerk aber ist Mordwerk, bringt nur Schrecken ins Land und über Menschen", kommt es von Mutter Pferdeacker zurück.

„Mutter, das hört sich doch nicht falsch an, was der ehrenwerte Herr zu sagen hat. Viele sind doch bei den Soldaten", meldet sich Ferdinand Pferdeacker.

„Genau, wie Ihr Sohn sagt, Frau Pferdeacker. Es wäre doch auch möglich mit etwas Willen, das Ihre Kinder bei einem Handwerker in Greven oder anderswo Anstellung finden, zur Lehre. Aber Lesen und Schreiben wäre dafür schon wichtig. Oder auf einer Pünte sein Brot verdient", fühlt August Schlüter weiter vor.

„Ich fände das schon gut. Besser als dies Leben hier. Und Du hättest auch nicht mehr die Plage mit dem wie´s weiter gehen soll", meldet sich nochmals Ferdinand.

„Ach was, Junge, bei den Preußischen für den Lutherschen König Deine Knochen opfern? Du bist ein guter Katholik, darin habe ich Dich erzogen und so soll es auch bleiben."

„Aber, Frau Pferdeacker, auch ich bin als rechtgläubiger Katholik nicht erfreut über den Lutherischen Halbglauben des Königs von Preußen, aber seit versichert, das unsere münsterländischen Söhne nur in eigenen Kompanien, unter Katholiken, dienen sollen. So ist es vorgesehen. So steht es geschrieben", August Schlüter wird es abwechselnd heiß und kalt wegen der Wendungen des Gespräches.

„Genau, das stimmt, Mutter, ich habe das von den Soldaten, die in Greven sind", meldet sich nochmals Ferdinand.

„Überlegen müsste ich das schon. Aber nichts möchte ich jetzt fest machen", willigt Frau Pferdeacker ein.

„Das ist auch nicht nötig. Ich werde morgen zum Mittag bei Ihnen wieder vorbei schauen. Dann können Sie und ich die Absprache schriftlich niederlegen", August Schlüter kann seine Erleichterung kaum verbergen.

„Wenn der hohe Herr etwas in Schrift und mit Siegel fest machen wollen, dann ist es besser, wenn der Herr Pastor, Monsignore Jansens, dieses nachliest, damit nicht irgendwann Fragen kommen", fordert Frau Pferdeacker.

„Gut, das ist sehr gut. Wir treffen uns dann morgen beim ehrenwerten Herr Monsignore Jansens", willigt August Schlüter ein. „Da wir uns ja jetzt einig sind und dieses morgen auch schriftlich niederlegen, soll es ein freudiges Ende dieses Besuches geben."

Kapitel 24: **Militärbeitritt**

„Der Herr Schlüter beehrt uns mit seinem Besuch. Und er hat auch noch Freunde mitgebracht", Ortsvogt Konrad-Wolfgang Bölker gibt sich sehr aufgeräumt.

Mit den Kaufleuten im Ort verkehrt er zwar fast täglich, dieser Fall ist Ihm jedoch sehr unangenehm. Er ist als Ortsvogt der höchste Beamte im Dorf Greven und deshalb in dieser Angelegenheit nur ausführendes Organ. Die Einziehung von Karl Schlüter zum Militär bereitet Ihm seit einiger Zeit Kopfzerbrechen. Als er das Schreiben aus Münster erhielt schwante Ihm nichts Gutes, auch wenn er nicht dafür verantwortlich ist. So ist er aber der Watschenmann für Kritik am Preußischen Militär. Das es jetzt zu diesem Ergebnis gekommen ist, hat auch seine Stimmung erhellt.

„Sehr geehrter Herr Karl Schlüter. Sie sind für den Dienst in der königlich-preußischen Armee einberufen. Ich muss Sie als erstes fragen, ob Sie gesund sind? Oder haben Sie irgendwelche Leiden? Dann muss ich den Medicus Warpenberg holen lassen."

„Ehrenwerter Herr Ortsvogt Bölker, ich bin, Dank Gottes Fürsprache, gesund und wäre auch gesund genug den Dienst für unseren Landesherren anzutreten. Mit dem hier anwesenden Herrn Pferdeacker stelle ich aber einen Vertreter für meine Person", erklärt Karl Schlüter dem Vogt.

„Ja, Herr Schlüter, dies ist mir inoffiziell bekannt. Ich muss Sie und dem Herrn Pferdeacker ein paar Fragen stellen, die Sie bitte ehrlich beantworten mögen", erwidert der Vogt.

„Fragen Sie Herr Bölker!", so Karl.

„Herr Schlüter, hat sich der Herr Pferdeacker aus freien Stücken als Vertreter für Sie angeboten? Ist kein Zwang ausgeübt worden? Besteht kein Verhältnis der Abhängigkeit zwischen Ihnen und Herrn Pferdeacker?", fragt der Ortsvogt.

„Nein, Herr Bölker, Herr Pferdeacker kommt aus freien Stücken, ohne Zwang und es besteht auch kein Verhältnis der Abhängigkeit", antwortet etwas abgehakt Karl Schlüter.

„Danke, Herr Schlüter. Ich werde jetzt die Fragen auch an Herrn Pferdeacker stellen."

Er wendet sich dem Angesprochenen zu und fragt: „Herr Pferdeacker, kommen Sie aus freien Stücken und stellen sich als Vertreter für Herrn

Schlüter? Ist kein Zwang auf Sie ausgeübt worden? Besteht kein Verhältnis der Abhängigkeit zwischen Ihnen und Herrn Schlüter? "

„Ehrenwerter Herr Ortsvogt, die Fragen kann ich mit Ja beantworten, bin nicht zu meinem Entschluss gepresst worden. Alles freiwillig", gibt Ferdinand Pferdeacker an.

„Danke für die Information. Ich benötige jetzt das Schreiben aus Münster", wendet sich Bölker an Karl.

Karl gibt diesem das Schreiben über den Tisch hinweg. Der Ortsvogt nimmt dieses, notiert etwas auf dem offiziellen Papier, drückt einen Stempel daneben und faltet es wieder zusammen.

„Dieses Schreiben geht nach Münster mit Kurier. Sie, Herr Karl Schlüter, erhalten noch von mir eine Bestätigung. Herrn Pferdeacker gebe ich dieses Einberufungsschreiben für die Militärverwaltung in Münster mit", erklärt der Ortsvogt sein tun.

Damit ist dieser wichtigste Akt für die Befreiung Karl Schlüters vom Militärdienst beendet. Karl und Ferdinand stehen auf und gehen aus dem Amtsraum heraus. Vor der Tür wartet August Schlüter.

„So, Junge, damit bist Du jetzt vom Militärdienst befreit und kannst weiter bei mir im Geschäft arbeiten. Dem Ferdinand Pferdeacker wird dann, wenn wir wissen bei welcher Kompanie er einzieht, die Uniform durch einen Schneider in Münster auf den Leib geschnitten", erklärt August Schlüter. Karl überreicht Ferdinand Pferdeacker ein kleines Kreuz.

„Dieses Kreuz soll Dich mit Gottes Hilfe bei dem gefährlichen Dienst für den Landesherren schützen."
Sehr erleichtert gehen Karl und August Schlüter zurück in das Wohnhaus an der Münsterstraße.

Kapitel 25: **Preußens Knute**

Ferdinand Pferdeacker steht mit weichen Knien und einem Bündel unter dem Arm an der Straßenecke, das die Münsterstraße und die Eschstraße in der Dorfmitte von Greven bildet. Eine ganze Weile steht er hier schon und wird bei seinem Warten von Kindern und einigen Grevenern beobachtet. Es ist fast allen Bewohnern Grevens bekannt, dass es da ein Geschäft gegeben hat zwischen seiner Mutter und dem Kaufmann Schlüter. Auch der Preis, den er bei diesem Geschäft zu zahlen hat, ist Gegenstand von viel Getuschel, Witzchen und Häme am Ort. Aber auch Interesse und Unterstützung hat er für diesen Schritt erhalten. Für Menschen, die sich er als Tagelöhner sein Brot verdienen, ist der Gang zum Militär die einzige Möglichkeit diesem Jammertal aus Armut und Zukunftslosigkeit zu entfliehen. Und so steht er als öffentliches Ereignis an der Straßenecke und wartet auf den Werber der preußischen Armee. Amtsvogt Bölker hatte ihn informieren lassen, das er sich heute hier einzufinden habe, damit er von einer preußischen Einheit nach Münster zu den Soldaten mitgenommen werde. Wie er da so steht, sieht er Anton-Konrad Barkenstein die Marktstraße herunter auf ihn zukommt. An seiner Seite folgt Karl Schlüter. Diesem sieht man schon am Gesicht an, dass ihm dieser Gang alles andere als angenehm ist.

„Sei gegrüßt, Ferdinand Pferdeacker. Wie ich erst eben erfahren habe, ist heute der Tag Deiner Einziehung in die königlich preußische Armee", grüßt ihn Anton.

„Ehrenwerter Herr Barkenstein, sie hier? Womit hat unsereiner denn solch eine Ehre verdient?", entgegnet sichtlich verlegen der Angesprochene.

„Ich begleite nur meinen Freund Karl Schlüter, der Dir für die Zeit beim Militär Gesundheit, ... Was rede ich, das kann er selber besser sagen", entgegnet Anton dem Fragenden.

Von Anton am Ärmel gezogen tritt Karl vor, um seinem Ersatzsoldaten seine Wünsche auszusprechen. Zu diesen denkwürdigen Worten kommt es jedoch nicht mehr. Auf der Eschstraße nähert sich eine Gruppe von zehn berittenen Soldaten. Die Reiter flankieren zwei Leiterwagen. Auf diesen Wagen liegen mehrere junge Männer. Einige haben irgendwelchen münsterländischen Brennereiprodukten stark zugesprochen und schlafen als Folge jetzt im Stroh. Andere werfen böse Blicke auf die Soldaten und die Umstehenden am Straßenrand. Sie sind mit Stricken an Füßen und Hände gefesselt und am Wagen festgebunden worden.

„Was für ein Auflauf hier mitten im Dorf", wundert sich der Reiter, der diesen Trupp anführt beim Blick auf Ferdinand Pferdeacker und die anwesenden Grevener. „Was wollt Ihr den hier von uns?"

„Werter Herr Soldat, wir sind hier um den Ferdinand Pferdeacker zum Militär zu verabschieden", spricht Anton den Fragenden an.

Unter den Soldaten bricht ein lautes Gelächter aus. So etwas haben sie noch nicht gesehen. Da stehen vornehme Herren neben einem einfachen Bauernsohn und warten auf den Soldatenwerber.

„Euer Hochwohlgeboren, ich muss sie untertänigst darauf hinweisen, dass ich Wachtmeister der preußischen Armee bin und auf den Namen Danklerschmidt höre. Euere Gnaden wünschen bei mir ein Pöstchen in seiner königlich-preußischen Hoheit eigenem Militär zu erbitten? Welch ein erquicklicher Witz, mit Eurer gnädigsten Einwilligung! Eine solche Belustigung wünschte ich täglich zu vernehmen!", lacht es mit übertriebener Höflichkeit aus dem Militär heraus.

„Es freut mich, dass Ihr so belustigt seit über unser Ansinnen, diesen guten, gottesfürchtigen preußischen Untertan mit Namen Ferdinand Pferdeacker zum Militär unseres königlichen Herrschers zu verabschieden", bleibt Anton überfreundlich.

Mit einer Peitsche, welche schon so manchen Rücken kennen gelernt haben dürfte, zeigt der Befehlshaber der Gruppe auf Pferdeacker.

„Der soll es sein? Den soll ich mitnehmen, damit ihm auf einem guten preußischen Kasernenhof die richtige preußische Erziehung anheim gegeben wird?"

Bei dieser Frage gibt der Reiter mit der Peitsche einen Schlag gegen die Schulter, dass Pferdeacker laut aufschreit. „Hahahaaaa. Da wird er wohl in Zukunft noch öfter mit diesem Gruße seiner königlichen Hoheit in Berührung kommen. Scheint ja bisher damit wenig Freundschaft geschlossen zu haben. Wird noch kommen, wenn er auf dem Marsch nicht spurtet", führt der Wachtmeister die preußischen Exerziermethoden weiter aus.

„Aber ich will doch zu den Reitern, der Kavallerie!", ruft Ferdinand mit schmerzverzerrtem Gesicht.

„Oh, euer Gnaden wünschen ein weiches Kissen als Sattel, einen Araber als Pferd und einen Knappen als Diener. Gewiss, ich werde es sofort notieren und in Münster beim König bestellen", ruft der Soldat aus. Seine Begleiter lachen wieder laut auf. Für sie ist dieses Geplänkel bei der Rekrutierung eines Soldaten eine willkommene Ablenkung vom üblichen Einerlei.

„Werter Herr Wachtmeister, ich versteh ja, dass es wohl viele Rekruten gibt, welche sich für die Reiterei zu verdingen wünschen, aber welch eine Regelung verbietet es, das dieser mit Pferden wohl vertraute junge Mann keine solche Stellung beim Militär ergreifen kann?", fragt Anton.

„Euer Hochwohlgeboren, es ist mir außerordentlich Unangenehm Ihnen mitteilen zu müssen, dass, wie heißt er hier in den Papieren, der Herr Pferdeacker, nicht auf hohem Rosse sich setzen wird, da ich hier nicht Männer für die Kavallerie auszusuchen habe. Alle diese freundlichen Teilnehmer meiner Reisegesellschaft werden in einem Infanterieregiment dem preußischen König dienen", erklärt der Wachtmeister die Situation.

„Sehr ehrenwerter Herr Barkenstein, seht welch ein Unrecht mir schon vor meinem Dienst bei den Soldaten geschieht", wendet sich Ferdinand Pferdeacker Hilfe suchend an Anton.

„Halt er keine großen Predigten hier auf der Straße! Hinein in den Wagen! Er hält uns hier unnötig auf", ruft etwas unwirsch der Wachtmeister. Dabei reißt er seine Peitsche hoch und schlägt auf Ferdinands Rücken. Dieser springt einen Schritt zurück und schaut die Umstehenden mit großen Augen an.

„Anton mach was, so geht das nicht!", bedrängt Karl seinen Freund.

„Herr Wachtmeister, es wäre für alle Beteiligten eine erfreuliche Entwicklung, wenn er mitteilen könnte, auf welchem Wege der Betroffenen zu den Reitern kommen kann?", fragt Anton.

„Da gibt es nichts zu reden. Ich entscheide wohin er kommt. Und ich bin hier der einzige Soldat der anwirbt. Und damit ist jetzt auch Schluss. Wenn er nicht sofort auf den Wagen steigt, so nenne ich dies Fahnenflucht. Und er weiß genau welche Strafe auf Fahnenflucht steht", droht der Wachtmeister.

Zwischenzeitlich haben sich schon 40 bis 50 Menschen um die Auseinandersetzung zusammen gefunden. Auch in Entfernung zu den Soldaten stehen Grevener und beobachten die weitere Entwicklung. Der Soldat merkt aus langjähriger Erfahrung, dass er von den Umstehenden keine Freundlichkeiten zu erwarten hat. Auch seine Begleiter könnten nur einen begrenzten Widerstand ausrichten, sollte es zu einem Tumult gegen die verhassten Preußen kommen. Es besteht für ihn die Gefahr, dass diese Situation eskaliert und er anschließend keinen seiner Rekruten mehr hat, da sie während des Tumults entwischen könnten. Auch Anton hat die Entwicklung dieser Situation sehr genau verfolgt. Ihm ist ebenfalls klar, das es nur noch einer Aktion der Soldaten bedarf um hier im Zentrum von Greven einen Volksaufstand gegen das Preußische Militär zu entfachen. Die Folgen wären fatal für alle Seiten. Deshalb sinnt er auf Abhilfe.

„Ehrenwerter Herr Offizier, es scheint hier ein großes Missverständnis aufgetreten zu sein. Der Herr Pferdeacker ist als Rekrut für die Reiterei seiner königlichen Majestät vorgesehen. Dies ist schon per Schreiben mit den Verwaltungsstellen in Münster abgestimmt worden. Es ist wohl ein Fehler bei der Übermittlung dieser Tatsache an Sie aufgetreten. Deshalb möchte ich Ihnen folgenden Vorschlag unterbreiten. Ich werde mich heute Nachmittag mit dem Rekruten Pferdeacker nach Münster begeben und ihn direkt bei seiner vorgesehenen Einheit abliefern", macht Anton einen Vorschlag zur Beruhigung der Situation.

Der Wachtmeister schaut erst etwas ungläubig den jungen Mann vor sich an. Danach lässt er seinen Blick über die Köpfe der Anwesenden schweifen. Er überlegt was zu tun ist. Die jetzt auf ca. 100 Anwesende angewachsene Versammlung könnte er mit seinen 10 Soldaten nicht mehr kontrollieren. Schon sieht er die ersten, die sich mit Knüppeln und landwirtschaftlichen Werkzeugen bewaffnet haben. Es würde seiner Position beim Militär nicht sehr dienlich sein, wenn er hier jetzt ein Blutbad mit ungewissem Ausgang vom Zaune bräche.

„Junger Herr, es erscheint mir so, als ob Ihr einen sehr klugen Vorschlag gemacht habt. Er muss mir jetzt seinen Namen, den des Rekruten und den dieses weiteren jungen Herren geben. Diese werde ich in Münster bei meinem Vorgesetzten hinterlegen und ihn über unsere Absprache unterrichten. Sollte es nicht noch heute in Münster den Rekruten Pferdeacker bei seiner Einheit abliefern, so werde ich schon morgen mit der notwendigen Anzahl Soldaten in Greven nach Ihm und seinen Freunden nachforschen. Hat er mich verstanden?", geht mit einer Drohung als Begleitung der Wachtmeister auf den Vorschlag von Anton ein.

„Ehrenwerter Herr Wachtmeister Danklerschmidt, es bedarf keiner Drohung um mein Wort auf seine Glaubwürdigkeit hin zu erproben. Ihr erhaltet von mir das Gewünschte und wir werden unseren Teil der Absprache einhalten."

Nachdem Anton die Namen genannt und der Wachtmeister diese notiert hat, setzt sich der Zug in Richtung Münster in Bewegung. Böse Blicke und so manche geballte Faust senden den abrückenden Soldaten Grüße hinterher. „Anton, das war knapp. Dieser preußische Haudrauf hätte hier fast ein Blutbad angerichtet", sagt erleichtert Karl seinem Freund.

„Sei froh, das Du nicht zu solch einem Schleifer in die Armee musst. Weißt Du denn wo die Dragoner vom Regiment von Brüsewitz in Münster ihr Quartier haben?"

„Nein, aber das kann man doch bestimmt erfragen, wenn Du mit dem Pferdeacker hin reitest", antwortet ihm Karl.

„Diese kleine Arbeit überlasse ich Dir, lieber Karl", antwortet Anton.

„Aber ich werde doch gar nicht ... ."

„Lieber Karl, wenn ich Dir schon hier vor allen Leuten die dicksten Kartoffeln aus dem Feuer klaube, kann ich wohl eine freundliche Begleitung für den Ritt nach Münster erwarten. Denk auch an ein Pferd für Deinen Ersatzrekruten. Wir treffen uns in einer Stunde hier am Markt."

Mit diesen Worten lässt Anton seinen Freund stehen um sich den Befindlichkeiten seines laut knurrenden Magens zuzuwenden. Klementine dürfte die richtigen Arzneien für diesen Fall auf dem Herd haben.

Kapitel 26: **Das Gerücht**

Ein Gerücht macht die Runde durch das Dorf Greven. Zuerst wird es nur leise weitergesagt. Je länger es aber verbreitet wird, umso lauter geht es den Menschen aus dem Munde. Da es ein schlechtes Gerücht ist, gibt es viele die, nachdem sie es gehört haben, schnell ein Kreuzzeichen machen und ein kurzes Gebet sprechen. Einzelne gehen zur Kirche und lassen eine Kerze anzünden um damit das mögliche Unheil abzuwenden. Woher das Gerücht gekommen ist weiß später niemand mehr. Einige glauben von den Soldaten, die in der ehemaligen Burg Schöneflieht stationiert sind und den dortigen Emsübergang bewachen. Andere sagen, dass ein Händler auf dem Weg nach Münster die Information weitergesagt habe. Und dritte vermuten gar den Teufel persönlich, in Form einer gesprächigen Taube als Urheber. Wer es jetzt auch gewesen sein mag, das Gerücht löst bei den einen Angst, bei anderen Freude aus. Aber was besagt das Gerücht? Es soll eine große Schlacht gegeben haben. Weit im Osten soll sie stattgefunden haben. An mehreren Orten soll sie geschlagen worden sein. Jena, eine wichtige Stadt von der man als Händler schon gehört hat, sei einer der Orte gewesen. Es war eine Schlacht zwischen den Preußen und französischen Truppe. Mal wieder haben sie sich geschlagen, wie schon so oft in den vergangenen Jahren. Und wieder haben die Preußen, so das Gerücht, die Schlacht verloren. Jetzt würden die Franzosen sich noch mehr Land der Preußen nehmen für ihren eigenen Staat. Viele vermuten, dass jetzt auch der andere Teil von Greven, das Dorf und die Bauernschaften rechts der Ems, zu dem seit dem Sommer französischen Gebiet links der Ems hinzukommt. Dieses Gerücht geht durch das Dorf und wird von Hof zu Hof weiter getragen. Es macht auch nicht halt vor der Tür des Hauses Barkenstein.

„Was sagst Du zu dem Gerücht, stimmt es, dass die Preußen mal wieder eine Schlacht verloren haben?", fragt Anton seinen Vater.

„In der Zeitung stand ja schon, dass der König mal wieder einen Friedensvertrag mit Napoleon für Null und nichtig erklärt hat. Darauf hin marschierten französische Truppen in Preußen ein. Somit kann es schon stimmen", entgegnet Wilhelm-August Barkenstein.

„Dann wird der Franzose auch das Dorf und die anderen Bauernschaften sowie das ganze ehemalige Fürstbistum für sich reklamieren. Schöne neue Aussichten. Da war man mit den Preußen gerade mal einig und hatte sich daran gewöhnt und jetzt der Franzose mit seinen neuen Gesetzen und Vorschriften", meint Anton.

„Ja, da werden wir uns auf ganz neue Vorschriften und besonders Steuern einrichten müssen. Wenn das Gerücht denn stimmt", bestätigt der alte Barkenstein.

In diesem Augenblick öffnet sich die Tür und Butler Wilhelm bringt ein Schreiben für den Ortsvorsteher hinein. „Ein Kurierreiter hat dieses Schreiben abgegeben und ist dann in raschem Ritt weiter nach Münster", erklärt er dabei.

„Mal schauen was die eilige Post denn beinhaltet", vermeldet Barkenstein senior seine Neugierde und öffnet rasch das Schreiben.

„Ha, das ist ja ganz nett, von unserem Freund Blücher. Da hat der tatsächlich hinterlassen mich bei jeder wichtigen Meldung, und das hier ist eine solche, auch zu unterrichten. Aber was ist hier geschrieben?", Wilhelm- August liest das nicht sehr lange Schreiben aufgeregt durch.

„So, jetzt wissen wir, das Gerücht im Dorf stimmt tatsächlich. Also es gab in den letzten Tagen, muss wohl der 13. Oktober gewesen sein, eine Schlacht zwischen Preußen und Franzosen. Als Orte werden hier Jena und Auerstedt genannt. Stimmt mit dem Gerücht überein. Preußen hat die Schlacht verloren. Das Militär soll Münster und das Fürstbistum räumen und sich in Richtung Osnabrück und weiter nach Osten zurückziehen. Na, dann werden wir wohl in nächster Zeit Deinen Freund, den Herrn Baumgartner, als Befehlshaber in Greven haben."

„Greven kommt unter das Regime von Napoleon oder unter das dieses Großherzogtums Berg", vermutet Anton.

„Das wird gerade viele Bauern und kleine Leute freuen. Wenn der Napoleon es hier zu sagen hat, werden die Gesetze aus Frankreich auch hier eingeführt. Für den Vater vom alten Hülsbusch wird sich da einiges zum positiven ändern. Die Leibeigenschaft wird es dann wohl nicht mehr geben. Er dürfte das bewirtschaftete Land, das er ja für den Schulze Große-Gronenburg beackert, als sein Eigentum erhalten und die Belastungen darauf dürften auch gestrichen werden. Hand- und Spanndienste für den Schulze und andere Fronarbeiten werden die Franzosen wohl dann auch abschaffen", erklärt Wilhelm-August seinem Sohn.

„Ich haben von diesen Gesetzen gelesen. Der Napoleon hat da ja ein ganzes Kompendium an Gesetzen und Bestimmungen erlassen. „Code

Napoleon" heißt es wohl. Das wird bestimmt den Walter freuen, Martinas Vater aber eine ganze Stange Kosten. Hoffentlich zerstört es nicht den Hof. Aber wie kommt es, dass diese Nachricht so schnell hier ist? So schnell kann doch niemand reiten?", sagt Anton.

„Das stimmt, von Jena braucht man Wochen bis hier hin. Aber die Preußen haben entlang des Teutoburger Waldes Signalstationen bis hier ins Münsterland installiert. Mit denen können wichtige Nachrichten große Entfernungen in Stunden überbrücken."

„Ja, stimmt, daran habe ich gerade nicht gedacht. Schon eine interessante Einrichtung, leider nur fürs Militär gemacht. Wäre doch auch für die Geschäfte ganz sinnvoll. Da wird von einer Station zur nächsten mittels Signalbäumen eine bestimmte Zeichenkombination weiter gegeben und die ergibt Worte und Sätze und zum Schluss diese Nachricht da. Ganz ohne, das sich Mensch und Pferd schinden müssen. Nur bis Münster sind sie nicht gebaut worden, deshalb haben wir den Vorzug dieser Nachricht", meint Anton.

„So, jetzt genug geredet, ich rieche das Essen. Und bevor uns unsere lieblichen Frauen auf deutliche Weise an unsere Pflichten in der Familie erinnern, lass uns in den Salon gehen", beendet Barkenstein senior den Ausflug in Zeit, Raum und Geschwindigkeit.

Kapitel 27: **Aufbruch**

„Siehst Du, das sind Dragoner, schau Dir die Bewaffnung an, der schwere Säbel und das kurze Gewehr an der Seite. Die reiten ganz schön flott, als sei der Teufel persönlich hinter ihnen her." Der fachlich versierte Junge sitzt zusammen mit Freunden auf einem Gatter in der Nähe der Schöneflieth-Brücke über die Ems.

„Du weißt aber viel von den Soldaten. Vorher weißt Du das denn alles", fragt ehrfurchtsvoll einer der anderen Jungen.

„Das weiß man heute doch, da muss man eben nur sich informieren", entgegnet etwas altklug der Angesprochene.

Die Holzbrücke dröhnt unter den Hufschlägen der Preußischen Reiterei. In einem wenig geschlossen Verband kommen sie aus Richtung Münster und nehmen den Weg durch das Dorf und die Eschstraße in Richtung Lengerich und Osnabrück. Den Dragonern folgen Kutschen unterschiedlichster Art. Feine Kutschen mit vornehmen Damen, Frauen und Freundinnen von Offizieren, Leiterwagen mit Verwundeten und fußlahmen Soldaten, Fuhrwerke mit Material und Gepäck. Dazwischen fahren auch Gespanne mit Kanonen und Munition. An diesem Schauspiel ergötzen sich seit Stunden die Jungen auf dem Gatter. Auch Grevener anderen Alters bleiben stehen und schauen dem Rückzug der preußischen Armee aus Münster zu.

„So viel Soldaten habe ich noch nie gesehen. Das sieht ja alles ganz toll aus", meint einer der jugendlichen Zuschauer.

„Ach was, das ist doch nichts. Du würdest Augen machen, wenn Du eine richtige Armee mal sehen würdest. Das ist ein richtig starkes Bild. Hier geht doch alles durcheinander. Das ist doch mehr eine Flucht, denn eine Armee auf dem Marsch", erklärt der Fachmann unter der Gruppe.

„Ach, Du hast das schon mal gesehen? Dann erzähl doch mal, wie sieht das denn aus?", wird er von den anderen auf seine Worte festgenagelt.

„Äh, ja, wie sieht das aus. Gesehen habe ich das nicht, aber Bilder habe ich gesehen und mein Bruder hat mir davon erzählt. Der hat das in Münster mal gesehen", muss der Fachmann eingestehen. Das Gelächter der anderen geht in einer weiteren Lärmwelle von der Brücke unter. Eine Abteilung Husaren gefolgt von leichten Kutschen überquert die Brücke an den verlassenen Burgresten der Schöneflieth vorbei. Die dort stationierten

Soldaten hatten sich schon in der vergangenen Nacht still und leise auf den Weg gemacht. Der eilende Bote nach Münster reichte ihnen um sich selbst den Marschbefehl in Richtung Heimat zu geben.

„Und warum kämpfen die nicht gegen die Franzosen, sondern ziehen sich einfach zurück? Die sind doch alle stark bewaffnet?", fragt ein anderer Junge den Wortführer.

„Das ist wohl ein Befehl, denke ich. Die Franzosen haben die Schlacht da bei Jena gewonnen und jetzt sind die Franzosen am Ruder und können befehlen. Und so viel Soldaten sind in Münster auch nicht. Wenn die was machen sind die ganz schnell besiegt. Da gehen die lieber zurück und sammeln sich irgendwo um stärker zu sein", fachsimpelt dieser weiter.

„Aha, das nenne sie also sammeln. Komisch wie kopflos das geht. Da reitet jeder wie er will, ohne große Ordnung. Und das ist ein Rückzug zum Sammeln?", bohrt ein anderer weiter.

„Jetzt fragt mir keine Löcher in den Bauch. Ich weiß auch nicht alles. Ist aber doch ein tolles Schauspiel. Lasst mich mit euern Fragen in Ruhe", gibt resigniert der Fachmann seinen Vortrag auf.

Noch den ganzen Tag über findet der Aderlass der preußischen Verwaltung und Militärmacht aus Münster durch Greven statt. An der Neuen Emsbrücke und am Püntenanleger herrscht dagegen eine merkwürdige Ruhe. Pünten sind keine angekommen und auch keine abgefahren. Einige Lagerarbeiter sitzen zusammen und beraten die neue Situation. An der Zollstation zum Großherzogtum Berg steht Gilbert Baumgartner in seiner Paradeuniform eines Französisch-Bergschen Offiziers. Etwas sehr protzig sieht er darin aus. Auf dem Kopf thront ein großer Zweispitz, ein Hut der steil Aufragt und an zwei Enden spitz zu läuft. An der höchsten „Erhebung" des Hutes steckt ein weißer Federbusch. Er hat sich bewusst diese gute Uniform angezogen, da er davon ausgeht, dass noch heute französische Einheiten nach Münster und Greven einrücken werden. Von Grevenern aus dem Dorf hatte er erfahren, in welcher Eile die preußischen Truppen aus Münster durch das Dorf abziehen. Zu seiner eigenen Verwunderung durfte er zudem feststellen, wie viele Freunde der Errungenschaften der französischen Revolution es im Dorf Greven gibt. Dies war ihm während der Zeit der preußischen Herrschaft gar nicht so aufgefallen. Besonders bei den Tagelöhnern, Frohnbauern und Leibeigenen war deutlich zu spüren, dass sie sich auf die französische Regierung freuten. Sie erwarteten von den neuen Gesetzen eine deutliche Erleichterung ihrer Situation.

Von einem Marketender hatte er vor Wochen ein Bündel kleiner französischer Wimpel erworben. Diese wollte er beim Eintreffen der französischen Kontingente in Greven an die Schaulustigen verteilen. Das macht eine gute Bild für den Ort und der neue Befehlshaber würde schon früh seine Qualitäten erkennen. Aber die Franzosen ließen sich Zeit. Ihm waren keine diesbezüglichen Befehle zugestellt worden. Er hatte somit auch nicht das Recht auf eigene Faust in Greven aktiv zu werden. Seine Bekannten im Dorf, die Herren Barkenstein, hatten ihn von dem Eilschreiben aus Berlin unterrichtet und ihn somit schneller über die Veränderungen unterrichtet als seine Vorgesetzten. So steht er an der Zollstation ist für das Kommende gerüstet.

Kapitel 28: **Die Überraschung**

Während durch Greven sich letzte Vertreter des Preußischen Staatsapparates in Richtung Osnabrück auf den Weg machen, wird es beim Zollposten an der Ems rege. Seit Stunden wartet der Befehlshaber auf das Eintreffen erster französischer Einheiten. Nichts geschieht, kein Bote, keine Vorausabteilung, einfach nichts. Jetzt, am vorgerückten Nachmittag, bewegt sich eine Gruppe französischer Reiter langsam auf den Zollposten zu. Einer seiner Untergebenen ruft ins Gebäude hinein und teilt das Kommen der Reiter mit. Sofort springt Gilbert Baumgartner aus seinem Halbschlaf auf, setzt sich den großen französischen Zweispitz auf und zieht seine Uniform zurecht. Dann durchschreitet er die Tür und schaut in Richtung auf die ankommenden Soldaten. Sogleich ruft er seine gesamte Truppe zusammen und lässt sie vor dem Zollhaus antreten.

Ein guter erster Eindruck ist wichtig, denkt er dabei und sagt zu seinen Männern: „ Macht mir keine Schande, es geht auch um Eure Zukunft. Also dann: Achtung!"
Wie sie es gelernt haben, bleiben die Soldaten stramm vor dem Zollhaus stehen. Die Reiter nähern sich langsam und betrachten sehr aufmerksam die ganze Situation. Wie es scheint trauen sie der ganzen Situation nicht so ganz, vielleicht glauben sie an einen Hinterhalt. Vor der stramm stehenden Zolltruppe halten Sie ihre Pferde und grüßen militärisch. Baumgartner grüßt zurück und spricht sie auf Französisch an.

„Bonjour Monsieurs, ich begrüße Sie am Zollpost an der Ems bei Greven. Es gab bis heute keine besonderen Vorkommnisse. Auch habe ich kein preußisches Militär hier feststellen können."

„Danke Herr Offizier. Ich bin Colonel Burgunder. Ich gehöre zum Stab von Divisionsgeneral Canuel. Ist hier alles ruhig? Wie sieht es denn dort in der Stadt aus? Wissen Sie darüber näheres?", fragt der Befehlshaber der Reitereinheit.

„Zu Befehlt Herr Colonel Burgunder. Den ganzen Tag und wohl schon in der vergangenen Nacht haben sich preußische Truppenkontingente und Zivilpersonen von Münster, das heißt, aus dem Süden kommend durch den Ort in Richtung Norden abgesetzt. Im Dorf ist, soweit ich es beurteilen kann, kein Militär mehr anwesend."

„Das ist schön. Dann lassen Sie uns hier etwas verweilen. Wir warten auf die nachfolgende Einheit", antwortet ihm der Reiteroffizier. Nach ungefähr einer Stunde hören die beiden im Zollhaus sitzenden Offiziere langsam sich näherndes Pferdegetrappel und Kutschenlärm.

„Das wird er sein. Er will noch heute bis Münster. Aber wegen der Brücken werden wohl einige Truppen hier am Ort stationiert". erklärt der Reiteroffizier.

Eine größere Kavallerieeinheit und einige Kutschen erreichen die Zollstation. Mehrere hohe Offiziere, erkennbar an ihren reiche geschmückten Uniformen und den Hüten mit Federbüschen, sind darunter. Baumgartner hat wieder seine Soldaten antreten und eine französische Fahne aufhängen lassen, neben der des Großherzogtums Berg. Der Reiteroffizier erklärt dem Befehlshaber die Situation. Dies beruhigt die Ankommenden und freundliche Blicke schauen auf die Zolltruppe mit ihrem Vorgesetzten.

„Gut, dann werden Sie mit den Offizieren und der ersten Abteilung hier im Ort stationiert. Auch der Count du Gatinais wünscht hier am Ort zu verweilen und erst morgen den Weg nach Münster anzutreten. Sorgen Sie für Quartiere für die Herren", erklärt der Offizier mit der buntesten Uniform von allen Reitern.

Nach einigen Minuten sind Gilbert Baumgartner und sein Trupp wieder allein am Zollposten. Aber Ruhe will jetzt bei ihm nicht mehr eintreten. Ganz im Gegenteil, er ist jetzt noch mehr erregt als vor der Ankunft der Franzosen. Beim Vorbeiritt der französischen Einheiten war sein Blick auf einen sehr großen Reiter in feinem Tuch hängen geblieben. Da er unter dem Vordach der Zollstation stand konnte er nicht gut gesehen werden. Dafür sah er den Reiter in zivil. Trotz feinem Tuch und seriösem Hut erkannte er ihn sofort wieder. Der als Count du Gatinais benannte Begleiter der Militäreinheit war niemand anderes als jener Reiter, der ihn vor Wochen fast zu Tode geritten hätte. Damals, als er diesem verdächtigen Reiter vom Grenzübergang aus verfolgte und er von diesem fast im Sprung vom Pferd geschlagen worden wäre. Jetzt taucht dieser Reiter plötzlich zwischen den französischen Truppen wieder auf. Was hat er mit den neuen Machthabern zu tun? Dieser Reiter, ist niemand anderer als jener Räuberhauptmann der mehrere Pünten überfallen hatte. Das ist für ihn eine üble Überraschung. Zum Glück hatte ihn der Reiter der sich Count du Gatinais nennt nicht gesehen. Diese Nachricht muss sofort zu den Barkensteins ins Dorf gebracht werden. Da dieses jetzt ja auch unter französischer Herrschaft steht, kann er jetzt einfach hinüber gehen. Für den Weg zu den Barkensteins hat er sich über seine Uniform noch einen Übermantel gestreift. Bei seinem Weg durch die Emsstraße sah er an einigen Häusern die französischen Wimpel hängen, die er, während er mit dem Offizier der Vorausabteilung zusammen saß, im Dorf verteilen ließ. Scheinbar waren aber die Kaufleute und besseren Bürger weniger gut auf die neuen Machthaber zu sprechen. Eher die ärmeren Schichten erhoffen sich durch die Franzosen eine Besserung ihrer Lage. Vor dem „Goldenen Reh" stehen Knechte und Tagelöhner mit französischen Soldaten zusammen, trinken Bier und versuchen sich im gemeinsamen Absingen französischer Lieder. Er selbst biegt in die Bergstrasse ab um über die Marktstraße zum Haus Barkenstein zu gelangen. Auf sein Anklopfen schaut jemand durch eine Gardine aus dem Fenster um zu sehen, wer dort Einlass wünsche. Da er keine französischen Farben am Haus gesehen hat, schien man auf eher unangenehme Besucher gefasst zu sein. Deshalb öffnet, nachdem er informiert worden ist, ein erfreuter Anton Barkenstein die Tür und lässt den französisch-bergischen Offizier hinein.

„Welch eine Überraschung Herr Baumgartner, wir dachten schon den neuen französischen Befehlshaber im Dorf erwarten zu müssen. Was führt Sie in unser Haus?"

„Was ist denn los, haben Sie etwa Angst vor den französischen Truppen? Glauben Sie, jetzt würde hier in Greven die Revolution nachgeholt?", fragt überrascht Baumgartner während Anton ihn in den Salon führt.

„Das nicht, aber die Überraschung war schon groß. Gerade noch preußische Truppen im Dorf und wenig später die Franzosen. Mein Vater ist schon mit dem Ortsvorstand zusammen getreten, wegen der Unterbringung der Soldaten. Aber was führt Sie zu uns, Herr Baumgartner?"

„Auch etwas, das mit der französischen Truppe zu tun hat. Sie kamen zuerst bei mir am Grenzübergang vorbei, über die Neue Emsbrücke. Dabei habe ich einen schönen Schreck erlebt. Mit der französischen Truppe ist auch der Mann gekommen, den ich vor Wochen verfolgt habe und der mich damals vom Pferd geschlagen hat. Count du Gatinais nennt er sich, ist sehr vornehm gewandet und reitet ein sehr edles Pferd. Das dürfte Euer Püntenräuber sein", berichtet Baumgartner.

„Oh, das ist wirklich eine böse Überraschung. Warten Sie, ich hole noch einen Bekannten, den Herrn von Theile, der war mit bei der Verfolgung des Räubers, der wird sich auch freuen über diese neue Nachricht", erklärt ihm Anton, geht aus dem Salon und kommt nach kurzer Zeit mit von Theile zurück.

„Ich darf kurz vorstellen, Herr von Theile, Herr Baumgartner", sagt Anton an die beiden Angesprochenen gewandt.

„Herr Offizier, vielleicht erinnern Sie sich noch, ich war vor drei Jahren dabei, als wir diesen korrupten preußischen Offizier überführten."

„Ja, woher sollte ich Ihr kleines Abenteuer vergessen? Zumal es mich auch direkt betraf", erwidert der Elsässer. „Es gibt eine böse Überraschung. Mit den Franzosen ist unser Freund, der Räuberhauptmann, nach Greven gekommen. Er nennt sich Count du Gatinais", bei diesen Worten kommt ein erstaunter Ausdruck in von Theiles Gesicht.

„Eine wirklich interessante Nachricht. Aber was will dieser Count denn hier in Greven? Hat er etwa die Absicht sich für die kleinen Unannehmlichkeiten, die wie ihm bereitet haben zu bedanken? Das wäre nicht sehr schön. Da müssen wir etwas gegen unternehmen. Aber wie können wir diesen Menschen den überhaupt überführen. Seine Größe ist kein Beweis", beschreibt von Theile die Situation.

„Zuerst einmal habe ich doch ein Gespräch in Enschede mit ihm geführt. Er kennt mich nur als Geschäftspartner aus den Niederlanden. Wenn er mich sieht, dürfte er daran denken. Ein Beweis ist das Schreiben aus dem gestohlenen Gewebeballen", gibt Anton zu bedenken.

„Das könnte ihn überführen", erklärt Baumgartner, „ist aber kein Beweis für die Überfälle. Aber es gibt noch einen weiteren Beleg. Dies hier, dieses Goldteil fand ich nachdem ich bei meinem letzten Kontakt mit dem Räuber wieder auf die Beine gekommen bin. Da ansonsten niemand an der Stelle meiner Begegnung mit dem Räuber war und das Metall keine Verschmutzung aufwies kann es nur mein Angreifer verloren haben", bei diesen Worten legt er ein Stück bearbeitetes Gold auf den Salontisch. Alle betrachten sich das Metallteil auf dem Tisch.

„Das ist der Teil eines Anhängers, vielleicht von einer Kette. Scheint der Teil einer Figur zu sein. Sehr schöne Arbeit, sehr teuer. Wenn unser Riese die Kette noch haben sollte, dann könnte man ihn damit überführen. Aber wie soll man das heraus finden?", meint Anton.

„Wenn er klug ist, hat er sie schon lange verkauft", unterstellt von Theile. „Zumindest würde ich so eine Kette nicht mit mir herum tragen", meint Baumgartner.

„Schön und gut, aber wir müssen mal schauen, wie wir ihn überführen können", bringt Anton das Gespräch wieder auf das eigentliche Ziel zurück. Während die drei am Tisch sitzen und sich mit ihren eigenen Gedanken beschäftigen, wird die Haustür geöffnet und Wilhelm-August Barkenstein tritt ein. Da die Tür zum Salon offen steht, kann er die bunte Runde um den Tisch erkennen.

„Seien Sie gegrüßt meine Herrn, womit habe ich denn den Besuch des Herrn Baumgartner verdient?", fragt er in die Runde.

„Ah, Vater, zurück vom Ortsvorstand? Der Herr Offizier Baumgartner hat uns eine wichtige Information mitgebracht. Unser Püntenräuber soll sich mit der französischen Einheit in Greven befinden. Wir überlegen jetzt das weitere Vorgehen", erklärt Anton seinem Vater die Situation.

„Dieser Tag bringt immer neue Überraschungen. Zuerst die Preußen auf dem Rückzug, dann die Franzosen beim Einzug und jetzt auch noch dieser Räuber in unseren Stadtmauern. Wenn Sie diesen verdächtigen Menschen sehen möchten, müssen Sie in das „Goldene Reh" kommen. Dort soll es am Abend ein Fest aus Anlass des Machtwechsel geben. Der Ortsvorstand ist eingeladen. Sie, Herr Baumgartner, werden auch kommen müssen. Nur der Herr von Theile kann es sich aussuchen", informiert der alte Barkenstein die Anwesenden.

„Ich bleibe lieber die nächsten Tage hier. Sofort auf ein Fest mit den Franzosen zu gehen, das wäre zwar schön, aber ich bin preußischer Adeliger, da muss ich etwas vorsichtig sein. Zudem ist es besser, wenn in dieser unsicheren Zeit ein Mann im Hause ist", erklärt von Theile seine Nichtteilnahme.

„Gut, dann gehen ich und Herr Baumgartner zu dem Fest. Herr von Theile bleibt im Haus und steht im Notfall zur Verfügung", zieht Anton ein Fazit aus dem Gespräch. „Herr Baumgartner, sie sind natürlich zum Abendessen eingeladen."

Kapitel 29: Siegesfeier

Das Äußere vom „Goldenen Reh" hatten die Franzosen für ihr Siegesfest deutlich verändert. In aller Eile sind an den Fensterbänken Stoffbahnen in den französischen Farben angebracht worden. Zwei große Fahnen hängen an der Fassade herab. Zu beiden Seiten der Tür zum Schankraum stehen Soldaten und salutieren vor den eintretenden Gästen. Weitere Soldaten kontrollieren jeden, der das „Goldene Reh" betreten möchte. Wilhelm-August und Anton gehen gemeinsam über die Emsstraße auf die Gaststätte zu und betrachten das Geschehen davor. Einige Grevener stehen auf dem Weg vor der Absperrung der Soldaten und schauen interessiert den Ankommenden entgegen. An der Ecke zum Kirchberg hat der Wirt vom „Goldenen Reh" ein Bierfass aufgestellt und gibt daraus an die Umstehenden kostenlos Bier ab.

„Freies Bier an jeden Grevener und für uns der offizielle Empfang der neuen Herren. Die Franzosen wissen, wie man gute Stimmung verbreitet", kommentiert Anton den Bierausschank.

„Viele, gerade arme Grevener, werden dadurch die Franzosen noch positiver sehen. Sie erhoffen sich durch die neue Herrschaft eine Aufhebung aller Abhängigkeiten zu Grundherren und Großbauern. Mal schauen was der Abend bringen wird. Für Dich ist der Räuberhauptmann wohl wichtiger als alles andere", meint der alte Barkenstein.

„Das wird ein Wiedersehen werden. Auf das verwunderte Gesicht bin ich schon gespannt", kommentiert Anton die Äußerung seines Vaters.

Durch die Kette der Soldaten werden die beiden Männer ohne Probleme durchgelassen. Ein Unteroffizier tritt danach auf sie zu und fragt nach den Namen.

„Oui, Barkenstein, der Herr Ortsvorsteher und sein Sohn. Gehen sie hinein. Rittmeister Jonquiere wird die ehrenwerten Herren in der Gaststube empfangen", sagt der Unteroffizier ihnen, während er die Namen in einer Liste abstreicht.

Beim Eintreten in den Schankraum merken beide, dass sich auch dieser geändert hat. Die Tische sind an die Wände geräumt worden. Stühle wurden in mehreren Reihen auf ein Podium hin aufgestellt. Auch ist der Raum nach längerer Zeit mal wieder in den Kontakt mit mehr als einem Besen gekommen. Beim Eintreten schauen viele Anwesende in Richtung der Barkensteins. Die Mitglieder des Ortsvorstandes sowie andere Würdenträger stehen zusammen. Ihnen ist ihr Unwohlsein ob der ungewissen Zukunft im Gesicht abzulesen. Die französischen Offiziere und Unteroffiziere dagegen stehen in lockeren Gruppen zusammen. Direkt an der Theke, zusammen mit Ortsvogt Konrad-Wolfgang Bölker, erblicken die beiden Barkensteins einen französischen Offizier, der allein schon durch sein Äußeres als Befehlshaber in dieser Runde zu erkennen ist, Rittmeister Jonquiere. Der Ortsvogt teilt diesem Offizier den Namen, Funktion und weitere Informationen über jeden eintretenden mit. Der Franzose wendet sich danach den Ankommenden zu.

„Monsieur Barkenstein und der Herr Sohn. Bonsoir! Willkommen auf unserer kleinen Feier. Ich habe schon viel Gutes durch Ihren Herrn Ortsvogt und die anderen ehrenwerten Herren aus Greven erfahren. Ich bin Rittmeister Jonquiere und gehöre zum Stab von Divisionsgeneral Canuel", begrüßt der ranghöchste Offizier die Barkensteins.

„Boisoir, monsieure Jonquiere! Merci für die freundliche Einladung zu diesem Empfang. Ich hoffe, dass Sie einen angenehmen und erfolgreichen Aufenthalt in Greven haben werden", entgegnet etwas zweideutig Wilhelm- August dem Offizier.

Während der Begrüßungszeremonie schaut Anton interessiert über die Anwesen hinweg. Er kann Gilbert Baumgartner in seiner aufgeputzten französischen Uniform im Gespräch mit anderen französischen Offizieren erkennen. Von dem Comte du Gatinais ist aber nichts zu sehen. Vielleicht kommt er auch gar nicht oder ist in dunklen Geschäften wieder unterwegs, denkt er beim Herumschauen. An der Theke erhält jeder Ankommende je nach Wunsch Bier, französischen Wein aus Militärbeständen oder ein anderes Getränk. Rittmeister Jonquiere hat sich mit Wilhelm- August Barkenstein in eine Ecke neben dem Podium begeben und redet dort mit ihm. Was der Offizier von seinem Vater möchte, interessiert Anton nicht. Er wartet auf das Kommen des Comte und ist wegen der Warterei sehr nervös und etwas unsicher. Aber der Graf aus Frankreich lässt sich Zeit. Nach einigen Minuten klatscht einer der französischen Offiziere in die Hände und bittet die Anwesenden sich zu setzen. Die Zusammensetzung in den Sitzreihen entspricht den Gesprächsgruppen zuvor. Die Grevener Kaufleute und Bauern sitzen in einem Pulk in einigen Stuhlreihen, die französischen Offiziere ebenfalls zusammen in den vorderen Reihen. Nur die erste Sitzreihe ist bunter gemischt. Dort befinden sich reservierte Plätze für die Mitglieder des Ortsvorstandes von Greven mit dem Ortsvogt sowie die ranghöchsten französischen Offiziere. Da Anton „nur" als Sohn an dieser Feier eingeladen ist, kann er sich seinen Platz auswählen. Er nimmt in einer mittleren Reihe Platz. Von hier kann er sowohl den ganzen Raum als auch den Eingang beobachten. Neu hinzu kommende sehen ihn an diesem Platz auch nicht sofort. Nachdem alle Anwesenden sitzen erscheint eine Musikkapelle aus einem der Rückräume des Goldenen Reh, stellt sich auf dem Podium auf und beginnt mit einem Musikstück. Sobald die erste Melodie ertönt springen alle anwesenden französischen Soldaten auf und Salutieren. Völlig überrascht hiervon, aber auch mitgerissen, stehen die anwesenden Grevener mit leichter Verzögerung auch auf.

Aus vollen Kehlen singen die Franzosen „Allons enfants de la patrie! Le your .." die „Marseillaise", Frankreichs Nationalhymne, mit.

Von nicht wenigen anwesenden Grevenern wird dieser Gesangsbeitrag mit purem Erstaunen verfolgt. Einzelne singen mit, andere schweigen betreten – die neuen Herren zeigen was die Zeit geschlagen hat. Im Schutze dieser Geräuschkulisse wird die Tür zum Schankraum geöffnet und ein sehr vornehm aussehender großer Mann betritt das Goldene Reh. Auch Anton bemerkt den neuen Gast nicht sofort. Erst als dieser an der Theke stehen bleibt und die Versammelten anschaut bemerkt er ihn. Über die Anwesenden hinweg schauend kann er ihn betrachten. Das kann nur der von Baumgartner als Comte du Gatinais benannte Räuberhauptmann sein. In bestes Tuch gewandt, ist er eine Respekt einflößende Person. Anton kann sich gut denken, dass er in einem solchen Kostüm die französischen Offizier über seinen wahren Hintergrund leicht hinwegtäuschen konnte. Auf der Brust dieses „Adeligen" prangt eine Goldkette mit verschiedenen Anhängern, einer Bürgermeisterkette gleich. Anton vermutet, dass es sich dabei um ein Zeichen für die adeligen Würden dieses Comte handelt. Wappen und irgendwelche Symbole kann er erkennen. Auch ein Symbol welches scheinbar nicht mehr ganz vollständig ist. Anton ist sich jetzt sicher, dass er diesen Mann in Enschede, bei seinem Onkel, gesprochen hat. Aber wird dies zur Überführung des Räubers reichen?

Das Musikstück hat geendet und die Anwesenden setzen sich. Auch der neue Gast sucht sich einen Stuhl am Rande einer der vorderen Reihen. Anton sieht, das ihn der Mann bemerkt hat. Etwas stutzt er beim Hinsetzen. Sein Gesicht hat für einen kurzen Augenblick einen erschreckten Ausdruck angenommen. Anton ist jetzt nicht nur ganz sicher, dass es der gesuchte Verbrecher ist, sondern auch, dass er jetzt und hier handeln muss. Nur vor der Gesamtheit der französischen Offiziere kann er ihn entlarven. Ansonsten findet der Räuber noch eine Möglichkeit sich mit einzelnen Militärs zu einigen und seine dunklen Geschäfte weiter zu führen. Auch ist die Anwesenheit der geschädigten Grevener Kaufleute wichtig, um Zeugnis abzulegen über den Schaden seiner Taten. Der Befehlshaber steht jetzt auf, um sich mit einigen Worten an die Grevener zu wenden. Dazu kommt es aber nicht mehr. Anton ist schon aufgestanden und wendet sich, bevor dieser etwas sagen kann an den Befehlshaber:

„Hoch verehrter Rittmeister Jonquiere, ich entschuldige mich schon jetzt für mein unverschämtes Auftreten in dieser erlauchten Versammlung. Aber ich muss Euer Ehrwürden darauf hinweisen, dass in dieser ehrenwerten Versammlung sich eine ehrlose Kreatur eingeschlichen hat."

Von diesem Vorstoß ist selbst der ansonsten von vielen Schlachten geprägte Offizier völlig überrascht. So etwas hat er noch nicht erlebt. Da wagt ein Zivilist ihn direkt anzusprechen und damit den so schön geplanten Ablauf dieser Feier zu stören. Erst nach einer Schrecksekunde kann er sich fangen und findet Worte.

„Monsieur Barkenstein, wie können Sie ...! Was meinen Sie mit dieser „ehrlosen Kreatur"?"

„Monsieur Rittmeister Jonquiere, es liegt mir fern diese wichtige Feier zu stören, aber ist in diesem Raum ein Mann, den ich als hinterlistigsten Dieb, Räuber und Totschläger erkannt habe!", entgegnet Anton laut.

Überall in den Reihen beginnt ein Gemurmel zwischen den Anwesenden. Was soll das?, steht vielen im Gesicht geschrieben.

„Monsieur Barkenstein, es ist nicht der feine Stil eine solche Veranstaltung mit solch drastischen Behauptungen zu stören. In Anbetracht der Bedeutung Ihres Herrn Vaters und seiner Reputation erlaube ich Ihnen, nach dieser Veranstaltung sich mit mir über dieses Thema auszutauschen", gibt sich der französische Offizier kulant.

Nach diesen Worten sieht Anton, wie Gilbert Baumgartner aufsteht, auf den Befehlshaber zugeht und ihm kurz eine Information ins Ohr flüstert. Danach sieht dieser Baumgartner mit großen Augen an, dann über dessen Schulter in Richtung des Comte du Gatinais und danach auf Anton.

„Werter, junger Herr Barkenstein, da diese Veranstaltung leider schon durch ihr eigenmächtiges Auftreten Schaden genommen hat und die von Ihnen aufgeworfenen Behauptungen einer Überprüfung unterzogen werden müssen, bitte ich Sie jetzt, vor den hier versammelten Ehrenmännern aus meiner Armee und ihrer Stadt die Behauptungen zu begründen", deutet der Befehlshaber die Siegesfeier zur Gerichtsverhandlung um.

Anton fährt also fort: „Sehr geehrte Herren der französischen Armee, ehrenwerte Vertreter des Dorfes Greven und der Bauernschaften, in den vergangenen Monaten wurden die Kaufleute Grevens, Münsters und anderer Orte Opfer einer Bande von Räubern. Im Halbdunkel der Abendstunden überfielen sie die mit Waren beladenen Pünten auf ihrem Weg über die Ems", ein lautes Gemurmel, besonders der Grevener, unterbricht seinen Vortrag.

Anton fährt nach kurzer Zeit weiter: „Der Verantwortliche für diese Überfälle, der dabei nicht das Leben der Schiffer achtete ist heute und hier unter uns!"

„Was?" „Wer ist es denn?" „Nennen Sie den Namen!", sind Aufrufe, nachdem Anton den Satz beendet hat.

„Ich habe in den vergangenen Wochen Informationen zu den Überfällen und die Diebe gesammelt. Alle Informationen und Beschreibungen führen zusammen auf eine der anwesenden Personen. Mit dieser Person habe ich in Anwesenheit meines Onkels in Enschede, in der Batavischen Republik, nein, das heißt ja heute, seit Juni, Königreich der Niederlande, ein Handelsgespräch geführt. Er bot dort gestohlene Ware an. Dies hat mein Onkel, der ein gut beleumundetes Handelskontor in Enschede führt, entdeckt und kann dies vor jedem Gericht bezeugen", Anton hat sich richtig in Rage geredet. Die Anwesenden schauen ihn mit Interesse aber auch fragend an. Sie wollen langsam den Namen des Beschuldigten wissen.

„Der von mir der Räuberei, des Diebstahls und der Lebensbedrohung angezeigte Anwesende ist kein anderer als jener Mann, der sich unter dem Titel „Comte du Gatinais" hier eingeschlichen hat", lässt Anton die Bombe unter den Anwesenden platzen. Sofort erhebt sich ein lautes Getuschel. Alle schauen zwischen ihm und dem Angesprochenen hin und her. Was wird jetzt wohl kommen?, fragen sich viele.

Überrascht von der Anschuldigung steht der Bezeichnete auf und donnert in den Raum: „Es ist eine der ungeheuerlichsten Anschuldigungen, die mir, dem Comte du Gatinais, bisher untergekommen ist. Wie kann ein solcher Vorwurf von einem nichtadeligen Zivilisten solch eine Resonanz erhalten? Es ist eine Frechheit dieses hier hören zu müssen. Es ist unter meiner Würde, als hoch angesehener Vertreter des kaisertreuen, französischen Adels auf solche Anschuldigungen einzugehen. Um dieser Feier nicht den erhabenen Glanz zu nehmen, werde ich sie jetzt verlassen." Nach diesen Worten will sich der Redner umdrehen und in Richtung Eingang gehen.

„Hoch ehrenwerter Comte du Gatinais", spricht ihn jetzt Gilbert Baumgartner an, „verzeiht diesem Jüngling seine offene Zunge. Wir wissen um Ihre Unschuld in den vorgebrachten Anschuldigungen. Lasst mich aber eine Frage an Sie stellen?"

„Ehrenwerter Herr Offizier, ich schone diesen jungen Heißsporn, da ich selbst vor vielen Jahren eine aufrührerische Zunge führte, indem ich diese Feier verlasse. Aber fragt mich schnell, bevor ich mich hinweg begebe", willigt der Comte ein.

„Ehrenwerter Comte, ihre Kette ist eine schöne und sehr wertvolle Arbeit eines bestimmt hoch angesehenen Goldschmieds. Das Werk eines großen Künstlers. Lasst mich fragen, welche Bedeutung dieses reiche Werk hat?", fragt überaus freundlich Baumgartner.

„Ich verstehe Ihre Frage wohl, weiß aber nicht, welchen Sinn sie in dieser Angelegenheit hat. Aber lasst Ihm gesagt sein, dass diese Kette das Zeichen für den Titel des Comte du Gatinais ist. Die Wappen stellen alle Ländereien und abhängigen Orte dar, die unter dem Wappen eines jeden Comte du Gatinais und dem Schutz des Château de Montargis seit Generationen stehen."

„Hoch verehrter Comte du Gatinais, diese Kette ist somit seit Jahrzehnten und Generationen im Eigentum Ihrer Familie, ihres Geschlechtes?"

„Generationen von Häuptern meines Geschlechtes, derer von Gatinais, nannten diese Kette ihr Eigentum. Mit jedem Neuerwerb kam neuer Anhänger als Zeichen ihrer erweiterten Macht hinzu. Es belegt eindrücklich die Ansprüche meiner Familie auf seine Besitzungen in Montargis und dem Gatinais!"

„Darf ich dann fragen, welches Missgeschick die Beschädigung dieser einen, kleinen Figur verursacht hat?", fragt Baumgartner weiter, wobei dem Comte das Interesse zu schmeicheln scheint.

„Welche Beschädigung? Oh, ja, dieses Fehlen an der Wappenfigur meines Urgroßvaters, es stellt die Legende vom Hund von Montargis da? Sie ist schon vor längerer Zeit aufgetreten. Ich muss wohl beim Tragen der Kette unvorsichtig gewesen sein, so dass es zu dieser Beschädigung kam.

Aber seit nicht zu sehr besorgt, ein guter Goldschmied wird diese kleine Beschädigung auf das schönste erneuern können. Aber seit für diesen Hinweis bedankt."

„Die Legende vom Hund von Montargis? Erzählt uns doch diese Legende. Wie Ihr seht, sind alle Anwesenden hoch interessiert an Ihren Ausführungen, ehrenwerter Comte", gibt sich Baumgartner wie die Höflichkeit persönlich.

„Die Legende, wenn sie denn wirklich interessiert, geht wie folgt: Vor vielen, vielen Jahren, Jahrhunderte sind es wohl zwischenzeitlich, begab es sich, dass ein Mann getötet wurde in meiner Heimatstadt, ohne das man einen Mörder fand. Da ließ der König alle Verdächtigen auf den Markt von Montargis bringen. Dann ließ man den Hund des Ermordeten frei. Der Hund, es war ein großer Hund, sah den Mörder seines Herren und richtete diesen selbst durch einen Biss in den Hals. Der König hatte dieses Strafurteil bestimmt. Und so fand der feige Mörder seine gerechte Strafe. So geht die Sage vom Hund von Montargis, ehrenwerte Herren. Aber warum fragt Ihr mich dieses, Herr Offizier?"

„Oh, ehrenwerter Comte, Euch war diese Kette immer in Besitz und Eigentum? Sie ist Euch nie gestohlen oder abhanden gekommen?", lässt Baumgartner nicht nach.

„Nein, sie ist mir nicht abhanden gekommen. Diese wertvolle Kette unseres Geschlechtes war immer in meinem Besitz!", entgegnet aufgereizt der Comte.

„Dann, hochwohlgeborener Comte du Gatinais, scheint es mir, als würde der legendäre Hund von Montargis noch heute sehr scharfe Zähne haben. Denn, hört mich an, es ist mir ein großes Rätsel, dass, als ich vor Monaten einen Mann hier an der Grenze verfolgte, der wohl der Hauptmann der Püntenräuber gewesen sein dürfte, dieses Teilstück einer Goldfigur, nach einer fast tödlich geendeten Attacke dieses geheimnisvollen Menschen gegen mich, am Ort des Geschehens gefunden habe. Diese Goldfigur, wohl ein Hund oder Wolf, passt, wie jeder erkennen kann, genau zu der Figur an Ihrer Kette. Wie können Sie sich dieses erklären, wo doch Ihre Kette keinen Dieb als Besitzer hatte? Werter Comte, auf diese Frage hätte ich doch zu gerne eine Antwort", sagt Baumgartner in Richtung der Anwesenden gewandt.

Zu einer Antwort kommt es nicht mehr. Mit zwei großen Sprüngen ist der Comte, oder besser der Püntenräuber, an der Tür der Gaststube, reißt sie auf und läst sie hinter sich ins Schloss fallen. Vor der Tür greift er eines der abgelegten Soldatengewehre und blockiert damit die Tür. Dann nimmt er in wenigen Schritten die Distanz zu einem Pferd, springt in den Sattel und gibt ihm mit deutlichen Tritten in die Seite den Befehl zum unverzüglichen Aufbruch. Die umstehenden Soldaten und Grevener sind zu sehr mit dem Genuss von Bier und deren Folgen beschäftigt, um auf die Aktion des rasanten Reiters zu reagieren. Sie können Ihm nur noch nachschauen, wie er in die Bergstraße Richtung Marktstraße abbiegt. Während dessen bricht im Saal ein großes Durcheinander los. Jeder versucht von seinem Nachbarn etwas über diesen denkwürdigen Auftritt zu erfahren.

„Hallo, dieser Hund von Montargis hat ja wirklich noch sehr scharfe Zähne...!", entfährt es Baumgartner spontan bei der Flucht des Comte. Anton ist zur Tür gerannt und versucht sie zu öffnen. Dies gelingt nicht sofort, da erst ein Soldaten von außen das Gewehr wieder entfernen muss. Draußen läuft er die Emsstraße bis zur Bergstraße, biegt in diese hinein und erreicht nach kurzer Zeit die Marktstraße und sein Elternhaus. Hoffentlich hat von Theile die Pferde zum Ausritt bereit gemacht, denkt er beim Laufen.

Kapitel 30: **Schlussakkord**

Wie Anton durch das Tor auf den Hof des Hauses Barkenstein läuft, ist von Theile schon mit dem Herrichten der Pferde beschäftigt. Walter wuselt im Schuppen herum und Klementine bringt einen Sack mit Essbarem aus dem Haus.

„Ah, da kommt er ja schon mit schnellem Schritt daher. Herr Barkenstein, auf Sie kann man sich verlassen", begrüßt von Theile Anton, während er sein Gewehr am Sattel befestigt.

„Wie sind Sie denn so schnell zum Ausritt bereit?", fragt Anton.

„Oh, das war etwas Glück, verbunden mit Voraussicht. Der werte Herr Püntenräuber hat hier eben ja einen schönen Lärm veranstaltet, als er mit vollem Galopp vorbei ritt. Zudem hatte ich mir schon so etwas gedacht, wir haben diesen Herren und seine Reitkünste schon erleben dürfen. So bereitete ich mich auf einen schnellen Aufbruch vor. Ihr werter Knappe Walter half mir dabei. So, jetzt aber keine Konversation mehr, sonst geht uns die Maus wieder durchs Netz", informiert von Theile Anton während er das Pferd besteigt. Anton lässt auch sein Pferd antraben. Von dieser ungewöhnlichen und völlig unvorbereiteten Veränderung überrascht, steigt es erst einmal mit den Vorderhufen in die Höhe um seinen Unmut deutlich zu manifestieren. Dann setzt sich aber die jahrelange Erziehung zum Gehorsam durch, es gehorcht dem Wunsch seines Herrn und setzt sich langsam in Bewegung.

„Nein, mein Lieber, das ist kein Spazierritt. Schneller!", ruft Anton seinem Pferd zu, was dieses, wohl aufgrund der allgemeinen Sachlage, richtig versteht.

In schnellem Galopp geht es die Marktstraße in Richtung Norden aus dem Dorf hinaus.

„Will der wirklich durch ganz Greven reiten?", fragt sich Anton. Auf seinem Weg sieht er die Folgen des ungestümen Durchbruchs des Räuberhauptmanns. Im Matsch liegen Fußgänger, die nicht schnell genug zur Seite gesprungen sind und Waren sind über die Verkehrsfläche verstreut. An einer Stelle kümmern sich mehrere Menschen um eine Frau, die wohl verletzt wurde.

Da sie nicht auch für Verletzte und Chaos verantwortlich sein möchte, rufen die drei Reiter immer wieder laut: „Vorsicht!" und „Aus dem Weg!".

Aber auch das Geräusch der Pferdehufe warnt die Passanten. Sehr verwunderte Blicke, Kopfschütteln und einzelne gereckte Fäuste folgen den Reitern.

Von Theile ruft laut dem vorausreitenden Anton hinterher: „Beruhigt Euch, junger Herr Barkenstein, den Püntenräuber erreichen wir schon noch. So wie dieser Herr der dunklen Geschäfte reitet hält es sein Pferd nicht lange durch."

Anton lässt darauf hin sein Pferd etwas langsamer laufen, so, dass von Theile aufholen kann. Auch Walter erreicht etwas später die Beiden.

„Seit Ihr Bewaffnet, Herr Anton?", fragt von Theile.

„Äh, ja, hier seht, mein Messer!", gibt Anton zurück.

„Das wäre wohl etwas zu gering für unseren Freund. Nehmt diese Pistole. Sie hat zwei Läufe für zwei Schüsse. Aber vorsichtig wegstecken."

„Walter, Du bist auch dabei! Das ist sehr gut. Hast sogar ein Gewehr mit." „Nah, was wäre denn eine wilde Jagd ohne unsereiner. Nehmt´s mir aber nicht krumm, es ist das Jagdgewehr Eures Herrn Vaters. Es ist geladen, deshalb habe ich's genommen", erklärt Walter Hülsbusch.

„Also, dann wollen wir mal", sagt Anton und treibt sein Pferd wieder an. Deutliche Abdrücke von Pferdehufen weisen Ihnen den Weg.

„Der scheint in Richtung Saerbeck und Ibbenbüren zu reiten. Er will wohl zum Teutoburger Wald, in die Grafschaft Tecklenburg wechseln", vermutet Anton laut und damit für die beiden Mitreiter verständlich.

„Der Weg ist noch weit bis dahin. Das wird sein Pferd in dem Tempo nicht schaffen", ruft von Theile zurück.

In einem zügigen aber haushaltenden Galopp folgen sie den Spuren. Vorbei an einzelnen Höfen und Kötterhäusern geht der Weg. Oberhalb der Abbruchkante beim Gehöft der Witwe Pferdeacker stoppt von Theile sein Pferd.

„Seht hier, unser Freund begeht keine kopflose Flucht. Hier hat er gestoppt, das Pferd gewendet und sich nach Verfolgern umgeschaut. Dann hat er sein Pferd wieder stark angetrieben. Er scheint uns für gefährlich zuhalten", erklärt von Theile die Spuren.

„Na, das ist doch ganz nett. Er hält uns für so gefährlich. Also weiter!", meint Anton und treibt sein Pferd an. Ihm folgen Walter und von Theile.

An einem kleinen Abzweig, den Anton schon passiert hat, ruft von Theile: „Halt, warten! Hier ist etwas!"

Anton kann erst nach mehreren Metern sein Pferd zum Halten bekommen, wendet es und kommt zurück zu den anderen Reitern.

„Sehr hier, unser Freund versucht uns zu linken. Er ist noch einige Meter weiter geritten, um uns zu täuschen. Aber dort ist eine ganz frische Pferdespur auf dem Seitenweg", zeigt von Theile auf den Weg.

„Was will er denn dort? Da geht es doch nur zur Ems, nach Hembergen!", ruft Walter aus.

„Das ist komisch. Ist denn in diesem Hembergen etwas, das ihm helfen kann?", fragt von Theile Anton.

„Ich weiß nicht ob er dort einen Komplizen hat. In Hembergen ist eigentlich nichts. Ein kleines Kirchlein, ein paar Häuser und eine kleine Fähre über die Ems", fragt sich Anton laut.

„Das wäre eine Erklärung, diese Fähre. Wenn er die hat, sich nimmt, damit übersetzt und sie auf der anderen Seite zerstört, dann hat er Zeit gewonnen. Das kann schon entscheidend sein", gibt von Theile seine Vermutung preis.

„Das müssen wir verhindern. Der soll nicht wieder entkommen, wie im Teutoburger Wald!", ruft Anton laut und treibt das Pferd an.

Die Knechte und Mägde auf den Bauernhöfen am Weg schauen etwas irritiert als die drei Reiter so schnell vorbei kommen. So etwas sehen sie selten. Militär reitet eher gemächlich in Formation. Zudem verdrückt man sich beim Auftauchen von Soldaten besser. Aber das hier. Zuerst dieser große Reiter mit seinem schwarzen Pferd und jetzt die drei Reiter hinterher. Einzelne erkennen sogar noch Anton Barkenstein, was noch mehr Fragen aufwirft. Da muss die Arbeit etwas warten, denn jetzt muss zunächst dieses Erlebnis verarbeitet werden. Während auf den Höfen geredet wird, reiten die Drei zügig auf Hembergen. Den Räuber können Sie nicht sehen, nur die deutlichen Spuren seines Pferdes im Münsterländischen Sand.

„Dort ist der Flecken, aber, wo ist der Räuber?", wundert sich Anton. Er hat sein Pferd in der Nähe eines Wegkreuzes gezügelt und betrachtet das Panorama mit Kirche, Häusern und Ems.

„An dem Strauch dort, direkt am Fluss. Nehmt die Pistole zur Hand. Wer weiß was der macht, wenn er uns sieht", warnt von Theile.

Über ein Feld reitet er auf einige Büsche in Nähe des Strauchs an der Ems zu. Wie es scheint hat der Räuber andere Sorgen. Er versucht sein Pferd in den kleinen Nachen, der als Fähre dient, zu bekommen. Ein Unterfangen, welches Zeit in Anspruch nimmt. In einer Hand hält er den Zügel für sein

Pferd, in der anderen Hand hat er eine Pistole und bedroht damit den Fährmann. Das Pferd widersetzt sich dem Willen seines Reiters. Überall fließt ihm Schweiß in weißen Flocken am Körper herunter. Plötzlich geht ein Ruck durch den Räuber. Bei einem Blick zum Weg hat er die Grevener gesehen. Jetzt wird es höchste Zeit für Ihn. Anstelle zu warten bis sein Pferd im Boot ist, stößt er das Boot vom Ufer ab und lässt sein Pferd ins Wasser gehen. Im stehen zielt er in Richtung auf Anton, Walter und von Theile und schießt. Der Knall durchdringt die Ruhe des Dorfes und lässt Hunde aufbellen, Katzen erschreckt weglaufen, Kühe muhen und Menschen vorsichtig durch Fenster schauen. Walter schreit lauf auf und hält sich am Bein fest. Sein Pferd, das er los gelassen hat, rennt schnell einige Meter weg.

„Schnell hinter den Strauch, das er uns nicht trifft", ruft Anton und rennt schon los.

Von Theile macht das Pferd fest und nimmt sich sein Gewehr. „Sehen Sie, mit einem gedrehten Lauf, das ist zielsicherer als die üblichen Büchsen. Mal schauen ob ich damit treffe", sagt von Theile.

Während die Drei sich und ihre Pferde in Deckung bringen, kommt der Räuber langsam dem anderen Ufer näher. Aus sicherer Entfernung schauen ein paar Kinder und Bauern dem Treiben auf dem Fluss zu. Die Angst vor dem Bewaffneten hält sie fern. Das Fährboot lässt sich aber in der Strömung der Ems nicht so einfach lenken, schon gar nicht mit einer Hand. Deshalb lässt der Räuber sein Pferd los, damit es selbstständig das Ufer erreicht. Mit dem Ruder erreicht er jetzt langsam das rettende nördliche Ufer.

„Wenn er das Ufer erreicht und sein Pferd besteigt ist er weg", befürchtet Anton.

In diesem Augenblick erschallt ein Schuss auf ihrer Emsseite. Anton schaut sich um und sieht Walter mit angelegtem Gewehr in Richtung Räuber gerichtet. Der Räuber ist irritiert, er hat sich im Boot hingeworfen und nach dem Schützen geschaut. Eine Fontaine auf dem Wasserspiegel mehrere Meter vor dem Fährboot zeigten an, dass der Schuss das Ziel nicht erreicht hätte. „Das Gewehr ist schon älter, es schießt nicht weit genug", erklärt von Theile.

Jetzt erreicht das Boot das nördliche Ufer der Ems. In wenigen Sekunden wird er auf seinem Pferd sitzen und für die Verfolger unerreichbar sein.

„So ein Mist, wenn der uns jetzt wieder durch geht", ist Anton verzweifelt. Gerade als der Räuber seinen ersten Fuß auf das Ufer setzt und sein Pferd rufen will, kommt aus dem Dorf Hembergen ein großer, dunkler Hund angerannt. So als hätte er dies schon tausend Mal gemacht, schnappt er sich den Zügel des Pferdes und reißt es vom Räuber weg in Richtung Dorf mit sich fort.

„Ha, wenn die Not besonders groß", entfährt es von Theile.

Dann legt er sein Gewehr an und Zielt auf den Räuber, der gebannt und ungläubig dem Schauspiel zwischen Hund und Pferd zuschaut. Aus von Theiles Gewehr löst sich ein Schuss, dunkler Rauch steigt über der Waffe auf, Anton und Walter schauen gebannt in Richtung der Schußbahn. Der Räuber, gerade im Begriff dem Pferd mit einer Pistole in der Hand nachzulaufen, greift sich plötzlich ans Bein, stolpert hin und bleibt mit von Schmerzen verzerrtem Gesichtsausdruck im Gras liegen.

„Na, das war ein Schuss, der saß, jetzt habe wir ihn erledigt!", freut sich Walter Hülsbusch.

„Mal schauen, wir müssen jetzt schnell über den Fluss. Ah, da kommt jemand mit einem Boot", sagt Anton und geht schon mit von Theile die Böschung zur Ems hinunter.

„Schnell herüber rudern", drängt von Theile. „Hoffentlich wird der Püntenräuber nicht wieder zu rege. Paddelt gemeinsam, ich werde unseren Freund über meine Gewehrmündung hinweg beobachten."

Bevor das Boot das Ufer erreicht, ist von Theile schon mit einem großen Sprung auf festem Boden und läuft auf den Räuber zu.

„Vergessen Sie den Versuch die Waffe neu zu laden. Werter Herr Püntenräuber, Ihre zukünftigen Geschäfte werden eine andere Richtung nehmen", ruft von Theile dem am Boden liegenden zu.

Anton folgt ihm auf dem Fuße. Vorsichtig entwaffnet er den Räuber während von Theile ihn mit dem Gewehr bedroht. Dazu nimmt er ihm den Rock ab und schaut in Weste, Stiefeln und in den Ärmeln nach weiteren Waffen. Danach liegt in der Wiese eine ansehnliche Anzahl kleiner Pistolen und Stichwaffen.

„Die Geschäfte unseres Freundes sind von einer Art, die es nötig macht, in jeder Gewandöffnung eine Waffe zu tragen", wundert sich Anton. Zusammen mit vielen Leuten aus dem Dorf Hembergen stehen sie um den Räuber, dem gerade ein Verband um den Oberschenkel gelegt wird.

„Ein guter Schuss", erstaunt es Anton.

„Stimmt, ich bin auch etwas verwundert darüber, das es geklappt hat", meint von Theile trocken. „Aber jetzt sollte langsam unser Freund Baumgartner kommen und uns von dieser Last befreien."

„Als ob er bestellt worden sei ...", entfährt es verwundert Walter beim Blick über die Ems.

Aus Richtung Greven erscheint eine Abteilung Reiter mit Gilbert Baumgarten an der Spitze und reitet auf den Fähranleger von Hembergen zu.

Kapitel 31: **Epilog**

Anton ist völlig geschafft. Ohne große Anteilnahme schaut er sich das Geschehen um sich herum an. Der geringe Schlaf der letzten Nacht – Antonia- Hermine konnte mal wieder nicht schlafen – die Aufregung vor und während der Siegesfeier der Franzosen, der Ritt und der Kampf an der Ems haben ihre Spuren hinterlassen. Baumgartners Soldaten nahmen den Räuberhauptmann entgegen und legten ihn sofort in Ketten. Dieser protestierte dagegen, hatte damit aber keine Chance, da er dem Offizier bei seiner Verfolgung so böse mitgespielt hatte. Von Theile behandelt Walter Hülsbusch an seiner Schusswunde. Zu Antons Überraschung, kennt sich der preußische Landadelige ausgezeichnet in der Wundbehandlung aus.

„Wer viel unterwegs ist, muss so etwas schon können, sonst ist man ja jedem Quacksalber ausgeliefert", kommentiert dieser sein Wissen.

Die Bewohner aus dem Flecken Hembergen waren fast vollständig an der Ems eingetroffen und schauten mit großem Interesse dem Treiben zu. So etwas hatten sie auch noch nicht gesehen. Zwar waren schon manches Mal Soldaten durchgekommen und hatten die Fähre und ihre Boote für das Übersetzen über die Ems genutzt, aber dieses aufregende Ende eines Räubers war doch etwas ganz anderes. Ein Bewohner, der selbst auf Pünten mitfährt, berichtet den Umstehenden die gruseligsten Geschichten von Überfällen auf Emspünten. Zwar stimmte nicht sehr viel von dem Erzählten, aber die ungeteilte Aufmerksamkeit der Anwesenden war ihm gewiss.

„So, Herr Anton, lassen sie uns jetzt aufbrechen nach Greven, ich möchte nicht im Dunkeln reiten", Anton schreckt etwas auf bei dieser Ansprache. Mit überraschtem Gesichtsausdruck schaut er zu von Theile auf, der vor ihm steht.

„Ja, stimmt. Irgendwie ist mir der schnelle Ritt, dieser abenteuerliche Kampf mit dem Räuber und die Aufregung beim Fest auf die Nerven geschlagen. Ich bin ziemlich müde", gibt er seinen Zustand an.

„Nehmen Sie einen Schluck von diesem exquisit gebrannten Gesundheitswässerchen aus dem Münsterland. Es wird zumindest Ihre Gedärme wie-der aktiver anregen, etwas für Ihr Befinden zu tun", empfiehlt von Theile und reicht Anton eine Jackenflasche mit Schnaps.

Nachdem Anton einen Schluck genommen hat, geht es ihm schon etwas besser. Während er auf sein Pferd steigt kommt Gilbert Baumgartner mit seinen Soldaten an den drei Abenteurern vorbei. Auf einem Leiterwagen liegt gut verschnürt der Räuberhauptmann und wirft den dreien böse Blicke zu.

„Diesen ehrenwerten Herren werden wir jetzt direkt nach Münster bringen, damit er schon heute Nacht in den Genuss fester Mauern kommt, hinter denen er sicher ruhen kann. Der Zwinger zu Münster dürfte die geeignete Bleibe für unseren Comte sein", erklärt der Offizier im Vorbeiritt.

„Dann hoffen wir mal auf etwas ruhigere Zeiten für die Püntenschiffahrt auf der Ems. Und Ihnen vielen Dank für die Unterstützung", antwortet ihm Anton.

Während die Soldaten zügig den Weg über Greven nach Münster nehmen, folgen ihnen Anton, von Theile und Walter langsam.

„Das war doch ganz schön mutig von unserem Comte, sich mit den Franzosen nach Greven hinein zu begeben. Was der wohl hier wollte?", fragt Anton die beiden Mitreiter.

„Ob es mutig oder nur dumm war, will ich nicht kommentieren, aber der Sinn dieses Herrn stand wohl sehr nach Rache an denen, die ihm sein Geschäft verdorben haben. In Begleitung der Französischen Armee fühlte er sich sicher und hätte durch das Vertrauen, welches er bei diesen besaß, Ihnen, Walter und anderen Grevenern gefährlich werden können", meint von Theile.

„Er hat nicht damit gerechnet, dass wir ihn so schnell und mit Beweisen überführen können. Die Gesichter der Franzosen dürfte ein schönes Panoptikum skurriler Mimen abgegeben haben, als der große Comte zum kleinen Verbrecher wurde. Leider konnte ich sie nicht sehen. Ich war viel zu aufgeregt", erklärt Anton.

„Und wie geht es denn unserem treuen Knappen? Hat ihn die Kugel des bösen Räubers sehr stark zugesetzt?", wendet sich von Theile an Walter Hülsbusch.

„Ach was, hoher Herr. Ihr Verband tut da ganze Wunder. Ich spüre schon fast nichts mehr", entgegnet Walter und ein deutlicher Geruch nach Schnaps entsteigt seinem Mund. „Na, das ist ja ganz schön. Aber nimm noch mal einen Schluck vom Gebrannten", empfiehlt von Theile. Dieses Angebot lässt sich Walter nicht entgehen.

„Mich hat nur gewundert, dass der Räuber mit seiner Geschichte als Comte so einfach bei den Franzosen und diesem Rittmeister Jonquiere durchgekommen ist. Sind die denn nicht misstrauisch geworden?", wundert sich Anton.

„Was haben denn die Franzosen am Kopf? Doch nicht die Identität eines französischen Landadeligen zu untersuchen. Der war denen bestimmt gerade recht, da er sich hier in der Gegend gut auskennt und als Franzose auf ihrer Seite steht. Ihr habt ihn doch selber erlebt. Sein Auftreten muss doch überzeugend gewesen sein", erklärt von Theile.

„Das stimmt. Ich durfte es schon in Enschede bei meinem Onkel bewundern. Mich wundert nur, dass er, wenn es wirklich brenzlig wurde, sofort das Weite suchte. Er war wohl sich nicht ganz über seinen Eindruck bei anderen Menschen sicher, sonst hätte er so nicht gehandelt", vermutet Anton.

„Oder er sagte sich, lieber ein lebender Hund als ein toter Löwe. Die geraubten Güter hatte er gut versteckt bei Vertrauten, aber für den Verkauf brauchten sie seine Auftritte", ergänzt von Theile.

„Wo Sie gerade Auftritte ansprechen. Ich befürchte, dass wir Sie für die nächste Zeit in Greven nicht mehr sehen werden, Herr von Theile."

„Welche Idee spukt denn jetzt in Ihrem Kopfe herum? Warum sollte ich mich denn nicht alle paar Jahre mal blicken lassen?", fragt verwundert der Adelige.

„Nun, ja, wie war das denn mit Ihren Besuchen bisher. Sobald Sie in die Nähe von Greven kamen, ging es recht aufregend zu, in unserem kleinen, verschlafenen Nest", beantwortet Anton die Fragen.

„Junger Mann, diese Sorge überlassen Sie besser mir. Wenn ich kommen möchte, dann werde ich kommen, egal welcher Kaiser, König oder Dieb sein Wesen oder Unwesen in Ihrem Städtchen treiben lässt."

Laut lachend nehmen die drei Reiter ihren Weg, dem in der untergehenden Sonne rötlich leuchtenden Kirchturm von Sankt Martinus entgegen.

Ende

Namen wichtiger Personen **in dieser Geschichte**

Wilhelm-August Barkenstein ....Kaufmann, Dorfvorsteher von Greven

Hermine Barkenstein ....Ehefrau von Wilhelm-August

Anton-Konrad Barkenstein ....Sohn des Ehepaars

Martina Barkenstein ....geb. Große-Gronenburg, Antons Frau

Antonia-Hermine, Heinrich-Erich ....Kinder von Anton und Martina

Gilbert Baumgartner...........................Elsässer, ehem. französischer Soldat,
Offizier der Grenzwache an der Ems

Wernher von Theile ....preußischer Adeliger, Gast in Greven,

Walter Hülsbusch...............................Mitarbeiter der Barkensteins – und mehr

Karl Schlüter, Willi Tersteeegen..........Freunde von Anton-Konrad

Marele Muhle ....Angestellte von Martina Barkenstein

Jan Baltmans ....Kaufmann in Enschede,
Bruder von Hermine

Count du Gatinais..............................Adeliger aus der Region Montargis

Gebhard Leberecht von Blücher.........General der preußischen Armee,
Bekannter der Barkensteins sein seinem
Grevenbesuch 1803 (einzige historische
Person in dieser Erzählung)

Weitere Bücher von Werner Thiel

Mördersuche in Greven

Ein Mord erschüttert Münster. In seinem Büro im Fürstenberghaus am Domplatz wird die Leiche eines Wissenschaftlers der Uni Münster gefunden. Die polizeilichen Ermittlungen führen in alle sozialen Schichten der Westfalenmetropole. Kommt der Mörder aus der Universität? Zu den Verdächtigen zählen auch Kollegen und Studenten. Die Ermittlungen führen aber auch nach Greven. Ist einBürger aus der Emsstadt für den Mord an Münsters Uni verantwortlich?

Eine Leiche im Fürstenberghaus, *Roman, 130 Seiten*
ISBN 978 383 348 1857, Preis 9,40 Euro

Grevener Historienroman

Die aufgehende Sonne taucht das Münsterland in ein ruhiges, rötliches Licht. Sie meint es gut mit Greven. Das kleine Dorf an der Ems liegt zufrieden in der Wärme dieses Sommers. Knechte, die schon ans Tagwerk gehen, achten nicht auf die leichten Staubwolken über der Chaussee im Osten. Mit jeder Minute steigen diese Wolken höher, werden dichter und behindern die Sonnenstrahlen in ihrer Leuchtkraft. Die Geräusche im Dorf überdecken noch die näher kommenden Hufschläge der Reiter. So ruht das Dorf über der Ems ohne die kommenden Ereignisse zu kennen. Eine spannende Geschichte basierend auf historischem Hintergrund.

Grevener Grenzgänge, *Taschenbuch, 127 Seiten,*
2 Karten ISBN: 3-8334-1047-7, Preis 6,90 Euro

Kirche Krone Kriege

Münster im 13. Jahrhundert. Der neue Bischof von Münster muss sich gegen den Adel und deren Ansprüche wehren. Hierbei setzt er nicht nur auf seine militärische Macht sondern nutzt auch andere „Waffen".

Schwert aus Pergament, *Roman, 198 Seiten*
ISBN 3-928852-30-2, Preis 7,90 Euro